가짜 커플 브이로그

V-log

가짜 커플
브이로그

범유진 장편소설

폭스코너

차례 ♡

가짜 커플 브이로그 7

작가의 말 168

1

남자친구에게 차였다.

─헤어지자.

딱 한 줄짜리 메시지가 휴대폰 액정에 떠올랐을 때, 나는 침대에 누워 브이로그를 보고 있었다. 엄마가 그런 내 모습을 봤다면, 왜 그렇게 쓸데없는 데 시간을 쓰냐고 잔소리를 했을 거다. 그럼 난 엄마는 뭘 모른다고, 요즘 인기 있는 동영상을 제대로 챙겨 보지 않으면 애들과의 대화에 낄 수가 없다고, 이게 다 원만한 학교생활을 위한 투자라고 맞받아쳤을 거다. 그런 말싸움이라도 할 수 있다면 좀 덜 지루했을 거다. 하지만 엄마는 한국에 없고, 내게 잔소리를 할 사람도 없다. 그래서 나는 그저 지루함을 참고 '몽몽'의 브이로그를 4배속으로 돌려 보고 있었다.

몽몽. 요 두세 달 사이에 엄청난 인기몰이를 하고 있는 십 대 브이로거다. 예술고등학교 무용학과에 재학 중인 데다 아이돌 오디션 프로젝트에서 최종 결선까지 갔다가 탈락한 춤꾼. 초등학교 때까지 피겨 스케이팅을 해서 학교를 나간 날보다 못 나간 날이 더 많고, 그 때문인지 친구를 잘 못 사귀는 것이 고민인 대한민국의 열일곱 살 고등학생. 말을 좀 어눌하게 하고, 운명적인 사랑을 꿈꾸고, 초코 우유를 좋아하는 소녀. 자신의 구독자들을 '몽이들'이라고 부르며, 채널 개설 석 달 만에 가장 큰 동영상 사이트의 십 대 크리에이터 중 구독자 수 TOP 10에 당당히 이름을 올린 브이로거. 여기까지가 나도 알고, 몽몽의 구독자 10만 명 모두가 알고 있는 '몽몽'에 대한 정보다.

우리 반 애들의 절반쯤은 몽몽의 브이로그를 봤다. 몇몇은 몽몽이 귀엽다고 했고, 몇몇은 몽몽이 설정 과다에 귀여운 척한다고 싫어했다. 그리고 그들 대부분이 몽몽이 브이로그에서 극찬을 한 신상 젤리펜을 샀다. 나는 몽몽을 칭찬하지도 욕하지도 않았고 젤리펜을 사지도 않았다. 나는 브이로그에 열광하는 사람들을 이해할 수가 없다. 한 번 만난 적도 없는 사람이 뭘 먹고, 뭘 사고, 뭘 하는지 들여다보고 있는 게 대체 뭐가 재미있다는 걸까? 나는 그저 지겹기만 했다. 그럼에도 몽몽의 브이로그를 챙겨 본 건 나와 같은 그룹의 친구들, 특히 리더 격인 권민영이 몽몽의 팬이었기 때문이다. 그들의 대화에 맞장구라도 치기 위해서는 몽몽이 브이로그에서 달걀말이를 먹었는지 비엔나소시지를 먹었는지를 알아야만 했다. 나는 몽몽의 브이로그를 볼 때마다 재생 속도를 빠르게 해서 대충 훑어보았다.

하지만 그때만은 아니었다. '헤어지자'는 메시지가 도착했을 때, 나는 휴대폰 액정 속으로 들어갈 기세로 몽몽의 브이로그를 봤다. 막 올라온 따끈따끈한 브이로그의 제목은 '오늘부터 1일! 몽몽이 남친 생겼어요'였다. 화면 너머에서 몽몽과 몽몽의 남자친구가 수줍은 표정으로 나란히 앉아 손을 흔들어 보였다. 문제는 몽몽의 남자친구, '온리몽'이라는 닉네임을 가진 남자애가 내 남자친구 안성한이란 거였다. "안녕하세요. 몽몽러들. 우리가 어떻게 사귀게 된 거냐면 말이에요." 신나게 이야기를 하는 몽몽의 옆에 앉은 안성한이 낯설어 보였다.

내가 아는 안성한은 이렇다. 일단 패션에 관심이 없다. 데이트를 할 때도 굳건하게 김칫국물 튄 자국이 선명한 교복 셔츠를 입고 나왔다. 자다가 그대로 나온 듯 뒤통수까지 납작하게 눌린 채 나온 날에는 노숙자처럼 보이기도 했다. 그리고 안성한은, 그 패션 센스만큼이나 늘 심드렁했다. 액션 영화를 보면서도 하품을 할 정도로 모든 일에 무기력했고 표정 변화도 별로 없었다. 하지만 화면 속 안성한은 흰 티셔츠에 청바지를 깔끔하게 차려입고 있었고, 몽몽과 손등만 스쳐도 얼굴을 붉혔다.

'네가 왜 거기서 나와? 왜 그러고 나와?'

귀신에 홀렸다는 게 이런 거구나 싶었다. 휴대폰 액정이 가득 차도록 메시지창을 확대한 뒤, 위아래로 스크롤바를 올렸다 내리기를 반복했다. 아무리 봐도 도착한 메시지는 딱 한 줄뿐이었다. '헤어지자.' 나는 메시지를 뚫어져라 보다가, 메시지창을 아래로 내리고 다시 브이로그 화면을 액정에 띄웠다. 화면 속, 몽몽의 옆에 놓인 디지털 시계가 눈에 들어왔다. 시계에 표시된 날짜는 오늘이 아닌 어제였다. 하긴 라이브가 아닌 이상, 영상을 편집할 시간도 필요할 테지. 상황이 파악되자 내 기분은 더 거지 같아졌다.

어제는 나와 안성한이 사귄 지 한 달째 되는 날이었다. 안성한은 사고 싶은 게임 아이템이 있는데 돈이 부족하다며, 내게 기념 선물로 기프티콘을 달라고 했다. 서로 기념일을 챙기자고 한 적이 없었기에 모른 척하려고 했다. 하지만 안성한은 끈질겼다. 아침부터 저녁까지 '선물은?'이라는 메시지만 마흔 개가 넘게 왔고, 결국 나는 그 끈질김에 항복하고 말았다. 폭탄처럼 쏟아진 메시지를 짜증 내며 삭제한 뒤에 2만 원짜리 기프티콘을 보내고 기다렸다. 뭐든 답례가 오겠지, 하고. 하지만 고맙다는 메시지 한 통도 오지 않았다. 이 자식은 대체 뭘까 싶었는데, 그때 안성한은 이미 몽몽과 커플을 선언하는 브이로그를 찍었던 것이다. 그러고는 그 동영상이 업로드되자마자 헤어지자는 문자를 보낸 것이다. 이게 말 그대로 먹튀가 아니면 뭔데? 나는 솟아오르는 분노를 손가락 끝에 모아 휴대폰 자판을 빠르게 눌렀다.

─ 안성한. 너 쓰레기라고 소문나기 싫으면 당장 빌어라.

전송. 메시지 옆 '1' 표시는 십여 분이 지나도록 사라지지 않았다.

'읽지도 않고 씹겠다?'

분노 게이지가 상승했다. 자판을 누르는 손가락에 더욱 힘이 들어갔다. 맹세하건대, 내가 분노한 건 차여서가 아니다. 사귀다 보면 차일 수도 있다. 무엇보다 차였다는 것 자체로 분노가 끓어오를 만큼 내가 안성한을 좋아하질 않았다. 좋아할 만큼 잘 알지도 못했다.

나와 안성한은 같은 건물에 있는 다른 학원에 다니는 사이였다. 8층짜리 건물에 학원 세 개가 모여 있어서 엘리베이터고 계단이고 늘 사람으로 북적거렸기에, 같은 수업을 듣지 않는 이상 오고 가면서 얼굴을 익힌다는 건 불가능했다. 그래서 안성한이 내게 사귀자고 했을 때 깜짝 놀랐다.

가장 먼저 든 생각은 '얘, 혹시 친구들이랑 내기했나?'였다. 나한테 한눈에 반했나, 라고 긍정 회로를 돌리기엔 안성한의 표정이 지나치게 덤덤했다. 게다가 안성한이 내게 고백한 곳은, 냄새가 너무 심해서 다른 층의 화장실이 미어터져도 이용하는 사람이 없는 1층 화장실 옆이었다. 안성한은 엘리베이터 앞에 서 있던 나를 굳이 그곳으로 데려가서 고백을 한 거다. 차이려는 게 아니고서야 그런 고백을 할 사람이 있을까 싶었다. 그렇다고 안성한이 고백 장소나 타이밍 따위는 신경 쓰지 않아도 고백 성공률 100퍼센트를 확신할 만큼의 매력을 지녔냐면 그것도 아니었다. 적어도 내게는 그랬다. 안성한의 머리부터 발끝까지 내 가슴을 뛰게 만드는 요소는 단 하나도 없었다.

나는 물었다.

"이거 내기니?"

안성한은 고개를 가로저었다.

"무슨 내기?"

"아무나 붙잡고 고백하는 미션 성공하면 만 원 준다거나 하는 거."

"촌스럽게 그딴 거 안 해. 그런 내기 할 친구도 없고."

안성한은 내 질문에 불쾌하다는 듯 정색을 했고, 나는 좀 미안해졌다. 그때 화장실 앞을 지나던 누군가가 나를 불렀다.

"모난이, 거기서 뭐 해?"

나와 같은 반 아이로, 함께 몰려다니는 친구 중 한 명이었다. 남자친구를 사귄 적 없는 게 사실이냐며 나를 비웃던 목소리가 확 밀려왔다. 뭐라고 할까 망설이는 사이에 안성한이 대답을 재촉했고, 나는 떠밀리듯 번호를 교환했다. 그렇게 안성한과 사귀게 되었다.

사귄다고 해도 별로 특별하게 한 일은 없었다. 점심시간에 의무적으로 메시지를 주고받고, 일요일에 만나서 멍하니 패스트푸드점에 앉아 시간을 보냈다. 안성한은 나와 함께 있을 때도 휴대폰만 들여다봤고, 욕설 섞인 혼잣말을 했다.

"이런 영상이 왜 인기가 많은 거야?"

"젠장. 이런 애들도 이렇게까지 좋아요를 받는데."

안성한은 구독자 수가 자기 자신, 딱 한 명뿐인 동영상 채널을 운영하고 있었는데 언젠가 백만 구독자를 가진 크리에이터가 되는 게 목표라고 했다.

첫 데이트 날, 나와 안성한은 그 채널 때문에 대판 말싸움을 했다. 그게 한 달간의 연애 중 가장 큰 사건이었다. 안성한은 데이트 영상을 채널에 업로드하겠다며 자꾸만 나를 휴대폰으로 찍으려고 했다. 나는 싫다고 했다. 안성한은 왜 싫냐고, 요즘 브이로그 안 찍는 애들이 누가 있냐고 화를 냈다.

"못생긴 게. 만만할 것 같아서 골랐더니."

안성한은 이렇게 말하고는 그 뒤론 영상을 찍지 않았다. 대신 내게 자신의 채널을 구독하고, 업로드되어 있는 영상에 '좋아요'를 누르라고 했다. 그렇게 안성한의 채널은 구독자가 두 명이 되었다. 안성한이 올리는 브이로그는 대부분 게임 플레이 영상이었는데, 보는 내내 안성한의 고함 소리만 들렸다. 정말 심각하게 재미가 없었지만, 그래도 남자친구니까 이 정도는 해 줘야지 싶어서 '좋아요'를 꾹꾹 눌렀다. '좋아요'를 누르는 횟수가 많아질수록 안성한에 대한 호감도는 반비례로 뚝뚝 떨어졌다. 그래도 헤어지자는 말을 하지 않았던 건 친구들 때문이었다.

뱁새가 황새 따라가다가 가랑이가 찢어진다. 고등학생이 된 지 삼 개월. 나는 매일 이 말을 통감하고 있었다. 나는 살던 곳을 떠나 완전 낯선 둥지에 던져진 아기 뱁새였다. 아빠와 엄마는 나를 십육 년 동안 나고 자란 안산에서 훌쩍 들어내어 서울에 던져 놓고 미국으로 날아가 버렸다. 고등학교 때부터 적응을 해야 서울에 있는 대학에 가기가 좋다는 게 이유였다. 자신의 딸은 당연히 인서울 대학에 갈 수 있을 거라는 부모님의 잘못된 믿음 때문에, 나는 대학생인 친척 언니와 단둘이 살게 되었고 친한 친구 한 명 없는 고등학교에 진학하게 되었다. 친구들과 같은 학교에 갈 거라고 생각해서 고교 생활이 즐거운 하이틴 무비일 거라고 기대했는데, 긴장감 넘치는 스릴러 무비가 되어 버렸다.

학기 초에 딱 한 번 친척 언니의 파우치를 몰래 학교에 들고 갔다. 고등학생이 되면 명품 파우치 하나쯤은 가지고 있어야 무시를 안 당한다는 동영상을 인터넷에서 본 터였다. 평소라면 헛소리라고 넘겼을 영상을 도저히 지나칠 수 없었던 건 불안했기 때문이다. 나 혼자 완전히 낯선 환경에 적응해야 한다는 불안감은, 뭐든 해야 한다는 압박감으로 이어졌다. 교실에 앉아 괜히 파우치를 꺼

내 만지작거리고 있는데 권민영이 내게 말을 걸었다. 권민영의 그룹에는 교실에서 가장 눈에 띄는 아이들이 모여 있었다. 그 애들은 피부톤과 상관없이 21호 파운데이션을 썼고 교복 치마 아래로 나이키 레깅스를 받쳐 입고 휴대폰에 샤넬 폰케이스를 씌워 사용했다. 한마디로 잘나가는 애들이었다. 권민영은 그중에서도 가장 목소리가 컸다. 교실에 앉아 있으면 어디서든 권민영의 목소리가 들릴 정도였다.

"파우치 구경 좀 해도 돼?"

권민영은 내 대답을 기다리지 않고 냉큼 내 손에서 파우치를 가져가 열었다. 권민영은 파우치 안에 들어 있던 립글로스를 발라 보겠다며 가져가서는 절반 넘게 쓰고 돌려줬다. 그 립글로스가 하나에 무려 3만 5천 원짜리라는 것은 집에 와서야 알았다. 나는 언니에게 일 년치 욕을 얻어들었고, 그 대가로 그 애들과 친구가 되었다. 아니다. 친구라기보다는 꼽사리 끼게 되었다. 그룹에서 내 포지션은 명확했다. 다른 애들의 말에 맞장구를 쳐 주는 리액션 전담. 놀려도 화를 안 내고, 가끔 숙제도 대신해 주는 순딩이. 중학교 때 친구들이 권민영의 그룹 안에서의 내 모습을 봤다면 "모티즈, 성깔 어디 갔냐?"라면서 엄청 놀렸을 거다.

모티즈. 그건 초등학교 때부터 내 별명이었다. 소형견이지만 위풍당당한 말티즈처럼, 체구는 작아도 무슨 일이 있으면 치솟아 오르는 욱을 참지 않는다고 해서 붙은 별명이었다. 하지만 권민영

그룹에서의 나는 겁을 잔뜩 먹고 꼬리를 내린 강아지 같을 뿐이었다. 나도 내 안에 이런 비굴한 모습이 숨어 있는지 몰랐다. 주변에서 나를 자존심 없는 애로 대하니까, 나도 점점 거기에 맞추어 행동하게 되었다. 가끔은 내가 사이즈 안 맞는 쿠키 틀에 구겨 넣어진 밀가루 반죽이 된 것만 같았다. 이대로 오븐에 구워지면 옆구리 터진, 새까맣게 탄 쿠키가 될 거다. 그렇게 생각하면서도 나는 그 틀에서 나올 수가 없었다.

새 학기가 시작되면 보통 한 달 내에 교실 안에서 함께 다니는 그룹이 결정된다. 그 기간을 넘겨서 그룹을 이탈하면 아웃사이더 취급을 당할 확률이 높아진다. 좋아하는 아이돌이 같다거나 하는 결정적인 이유가 있지 않고서야, 이미 자리가 잡힌 그룹에 다른 그룹의 사람이 불쑥 들어오는 걸 반기는 애들은 없다. 급식실에서 이미 어떻게 앉을지 다 정해 놓았는데 느닷없이 한 명이 늘어나는 것만큼 골치 아픈 일도 없으니까. 물론 그중에는 '위 아 더 프렌즈' 오라를 온몸으로 뿜어내는, 어떤 그룹에든 잘 섞여 드는 애가 있긴 하다. 하지만 그건 내가 가지지 못한 재능이었다.

나는 애들을 따라 교복을 줄였고, 별로 좋아하지 않는 딥오렌지 컬러의 립글로스를 발랐으며, 브랜드 슬리퍼와 레깅스를 샀다. 한 달 치 용돈을 일주일 만에 썼다. 하지만 사야 할 것은 점점 늘어 갔다. 명품 귀걸이와 핸드폰 케이스, 연예인이 즐겨 쓴다는 컨실러를 사기 위해 적금을 깼다. 그룹 안에 머물기 위해 필요한 것들은 점점 늘어 갔다.

내가 안성한과 손도 잡지 않는 연애를 계속했던 것도 뱁새의 황새 흉내 중 하나였다. 그룹의 다른 애들은 다 남자친구를 사귀어 본 경험이 있었다. 나만 없었다. 있는 척이라도 했으면 좋았을 텐데 "남친 사귄 적 있어?"라는 질문은 너무나 급작스러웠고, 나는 질문의 의도를 파악할 틈도 없이 고개를 가로저었다. 권민영은 코웃음을 쳤다. "뭐야. 완전 아기잖아. 모난이, 너, 순덩이구나." 그렇게 나의 포지션이 정해졌다.

그러니까 안성한과의 연애는 내가 산 가짜 명품 핸드폰 케이스 같은 거였다. 애들에게 "나 남자친구 생겼어"라고 내세울 수 있는 상대가 필요했을 뿐이다. 남자친구가 생겼다고 선언한 이후, 애들이 나를 대하는 태도가 바뀐 것은 아니었다. 아이들은 내게 빈말로라도 남자친구의 사진을 보여 달라고 하지 않을 정도로 내 연애에 관심이 없었다. 하지만 적어도 연애 이야기가 화제에 올랐을 때 "넌 아무것도 모르면 가만히 있어"라는 말은 듣지 않게 되었다.

그렇지만 아무리 쇼윈도 커플이라도 남친이 공개적으로 바람을 피우고 일방적으로 헤어지자는 통보를 한다? 그것도 메시지로? 그 상황에 분노하지 않을 사람 있으면 나와 보라고 해라. 그건 내가 안성한을 좋아하고 좋아하지 않고 이전에, 상대의 똥매너에 대한 당연한 분노였다.

—씹어? 몽몽한테 DM 보낸다. 나 네 남친 엑스라고. 방송 보니까 몽몽은 널 순정파로 알고 있던데. 뭐? 몽몽을 너무 좋아해서 하루에 학을 한 마리씩 접어 천 개를 주면서 고백한 거라고? 야, 너 그거 산 거잖아. 나랑 지난주에 데이트하다가 공원 벼룩시장에서! 어디에 쓰려고 그런 걸 사나 했더니.

이번엔 순식간에 '1' 표시가 사라졌다.

—말해라. 몽몽이 널 믿을지, 날 믿을지.
—소문나는 거 안 무섭나 봐?
—야, 너 내 채널 들어와서 구독자 수를 잘 봐. 네가 주변에 떠들어 봤자 나 못 이겨.

무슨 말인가 싶어 얼른 안성한의 동영상 채널에 들어가 보았다. 순간, 내 눈을 의심했다. 구독자 수 이천 명. 안성한 본인과 나, 딱 둘뿐이던 구독자가 고작 하루 만에 천 배로 늘어나 있었다.

—떠들어 봐, 모난이. 네가 나 스토커처럼 따라다닌 거라고 방송에서 말할 거니까.
—뭐? 내가 널? 무슨 말도 안 되는 소리야.
—내가 너한테 뭐 준 거 있어? 네가 나한테 일방적으로 기프티

콘 보내고 그랬지.

　그제야 눈치챘다. 지금도 안성한이 보내는 메시지는 교묘하게 나를 스토커로 보이도록 몰아가고 있었다. 안성한이 몽몽 옆에 앉아 있을 때처럼 '아무것도 몰라요' 하는 표정을 짓고 자신이 스토킹을 당했노라 떠드는 장면이 생생하게 떠올랐다. 나는 안성한의 채널을 잠시 살펴봤다. 고함 소리가 난무했던 게임 동영상은 몽땅 삭제되어 있었고, 딱 하나 올라와 있는 동영상은 안성한이 몽몽에게 왜 반했는지를 혼자 떠드는 브이로그뿐이었다. 영상 속 안성한의 모습은 역시나 낯설고도 역겨웠다. 영상 아래는 수십 개의 댓글이 달려 있었다.

　└ 온리몽. 너무 귀여워.
　└ 완전 순정남.
　└ 얼굴 완전 별로. 몽몽이 아까움.
　　→ 몽몽이 얼굴만 보는 속물인 줄 아나? 몽몽은 순수해서 마음을 봐.
　└ 일편단심 키링남 완전 좋음.
　└ 순수 커플즈!

　대부분이 안성한을 응원하는 댓글이었다.

'순수는 얼어 죽을.'

나는 신경질적으로 휴대폰을 침대 위에 내던졌다. 분하지만 안성한의 말대로다. 내가 안성한이 메시지로 이별 통보를 하는 쓰레기라고 떠들어 봤자 들어주는 사람은 없을 거다. 권민영과 그룹의 애들부터가 믿지 않을 거다. 그 애들은 몽몽의 팬이니까. 처음엔 내 말을 믿어 줄지 몰라도 몽몽이 눈물을 글썽거리며 자기는 남자친구를 믿는다는 브이로그를 올리면 단체 외면에 걸려서 나를 거짓말쟁이 취급할 게 뻔했다. 이럴 줄 알았으면 안성한과 사진이라도 찍어 둘 걸 그랬다. 휴대폰을 다시 집어 들고 사진첩을 뒤적여 봤지만, 내가 안성한과 사귀었다는 증거가 될 만한 건 아무것도 없었다. 메시지도 마찬가지였다. 안성한이 내게 보낸 메시지 중 남아 있는 거라고는 '이 번호 맞아?' 뿐이었다. 선물을 달라며 폭격처럼 퍼부었던 안성한의 메시지를 남겨 둘 걸 그랬다는 후회가 몰려왔다. 그렇게 한참이나 휴대폰을 뒤적거리며 지난 한 달간을 곱씹는 동안 점점 더 확실해지는 건 딱 하나뿐이었다.

안성한은 절대 나를 좋아한 적이 없다.

'그래, 알아. 알고 있었다고. 아마 안성한은 아무나 붙잡고 고백했던 거겠지. 걔도 나처럼 친구들에게 사귄다고 내보일 사람이 필요했던 것뿐일 거야.'

아니, 그러니까 더더욱 헤어질 때는 동료로서 적어도 예의는 갖추어야 했던 것 아닌가. 나는 침대에 벌렁 드러누워 천장을 응시

했다. 형광등 불빛 때문에 눈이 시려 올 때까지 눈도 한 번 깜빡이지 않았다. 나는 평온한 학교생활을 보내고 싶었고, 이 이상 안성한에게 에너지를 쓰고 싶지도 않았다.

'어차피 서로 좋아서 사귄 것도 아니었잖아. 잊자.'

그렇게 마음을 정했을 때, 휴대폰이 울렸다. 안성한이었다. 받을까 말까 하다가 혹시 하는 마음에 통화 버튼을 눌렀다. 안성한이 뒤늦게 양심의 가책을 느껴서 미안하다는 말이라도 하려는 걸지 모르니까 말이다.

"야, 메시지로 못 한 말이 있어서 전화한 거야."

나는 잠자코 안성한의 말을 들었다.

"내 채널 확인했지? 지금도 억울해? 억울하면 너도 유명해져서 복수하든가."

"뭐?"

내 예상과는 전혀 다른 빈정거림이 귓가를 강타했다. 나는 침대에서 벌떡 일어나 앉았다.

"데이트 브이로그라도 얌전히 찍어 줬으면 좀 더 사귀어 줄 수 있었는데. 하긴 뭐, 덕분에 몽몽 코인 탔으니 됐다."

"몽몽 코인? 잠깐만. 너 설마 몽몽하고 사귀는 이유가, 걔가 유명해서야?"

"안 그럼 그런 답답한 애를 왜 사귀냐? 여하튼 너, 앞으로 연락하지 말고 까불 생각도 하지 마라. 그리고 웬만하면 좀 꾸미고 다

녀라. 같이 다니기 창피하더라."

뚝. 통화가 끊겼다. 나는 멍하니 손에 쥔 휴대폰을 바라보았다. 녹음을 했어야 한다는 뒤늦은 후회가 머릿속을 스쳐 지나갔다. 그랬으면 안성한, 이 벼락 맞아 마땅한 놈에게 한 방 먹일 수 있었을 거다. 가라앉혔던 마음에 전투력이 차올랐다.

'유명해져서 복수하라고? 그래, 내가 한다. 하고 만다. 너 두고 봐라.'

하지만 어떻게? 침대에 앉아 한참이나 유명해질 수 있는 방법을 고민했다. 고등학교 1학년. 자기애를 풀 충전하고 봐도 평범한 외모, 말재주 없음, 손재주 없음, 노래 못 함, 다룰 수 있는 악기 없음. 생각하면 할수록 답이 없었다. 나는 침대에 벌러덩 드러누워 동영상 채널의 브이로그를 훑어보기 시작했다.

'나랑 같은 고등학생인데, 이렇게 잘생기고 말 잘하는 애들이 많다니.'

브이로그 속 애들은 전부 반짝반짝 빛났다. 나와 별반 다를 것 없이 아침에 일어나서 밥 먹고, 학교에 가고, 학원 가기 전에 친구들과 컵라면 먹는 게 전부인데도 파스텔톤으로 보정된 영상 속의 세계는 뽀얀 웃음만 넘치는 유토피아로 보였다. 친구들의 눈치를 보며 맞지 않는 틀 속에 자신을 구겨 넣는 일 따위는 없을 것 같은 세계. 브이로그 속 아이들은 모두 완벽한 자기만의 세계를 가지고 있는 주인공이었다. 이상하게도 조회수가 높은 영상 속 애들일수록 더욱 그렇게 보였다. 동영상 사이트의 영상 목록에서 배열 보기를 '조회수 낮은 순서'로 클릭했다.

'조회수 70만과 조회수 4의 차이는 어디에서 오는 걸까?'

확실한 건, 안성한에게 복수하려면 적어도 몽몽만큼의 인기는 얻어야 한다는 거였다. 몽몽의 구독자에게 안성한은 안성한이 아닌 '온리몽'이었다. 내가 안성한에게 복수를 하는 순간, 그들은 나를 '모난이'가 아니라 몽몽과 온리몽의 사랑을 방해하는 악당으로 볼 거다. 무찔러야 할 공동의 적. 그들에게 맞서 싸울 내 편이 필요했다.

새벽에도 이불을 덮어쓰고 누워 계속해서 브이로그를 봤다. 주르륵. 휴대폰 액정의 불빛 때문에 시큰하게 저려 오던 눈가에서 눈물이 흘러내렸다.

'끝까지 구리다, 진짜.'

난 한밤중에 눈물을 흘려. 이런 세기말 감성도 아니고, 이 타이밍에 눈물이라니. 그래도 굳이 눈에 힘을 줘서 눈물을 참지는 않았다. 힘든 하루였던 건 사실이었고, 힘들 때 우는 건 창피한 일이 아니다.

❖

6월 1일 월요일

이 블로그에 글을 쓰는 건 굉장히 오랜만이야. 중학교 마지막 겨울방학 전까지는 나름 열심히 썼었지. 그때는 친구들도 다 이 블로그를 썼거든. 하지만 이젠 이 블로그를 하는 애들은 거의 없어. 유행이 지났으니까. 그러니까 뭐, 내가 글을 올려도 읽는 사람은 없을 거야. 그래도 혹시 모르니까 비밀글 체크는 할 거야.

다시 여기에 뭐라도 써 볼까 했던 이유는 간단해. 답답하니까. 다이어리를 사서 거기에 일기를 써 볼까 하는 생각도 했어. 《안네의 일기》처럼 말이야. 하지만 종이에 뭘 쓴다고 생각하니까 생각만으로 짜증 나는 거 있지. 초등학교 2학년 때 독후감 적어 낸 이후로 종이에 뭘 쓴 적이 없단 말이지. 다이어리를 쓰면, 다꾸라도 잘하게 되어서 그걸로 인기 브이로거가 될 수도 있었을 텐데. 하지만 난 악필인 데다 다이어리 꾸미는 재주도 없어. 다꾸 하나도 못 하다니, 내가 너무 한심해.

이 며칠간은 한심한 일뿐이야. 나는 여전히 안성한에게 복수할 방법을 찾지 못하고 있어. 안성한의 채널은 그새 구독자 수가 더 늘어서 이젠 사천 명이 되었어. 몽몽과 커플로그를 두어 개 올렸을 뿐인데! 사람들이 안성한의 브이로그에 순수하다는 댓글을 단 걸 볼 때마다 짜증이 나. 이젠 보지 말아야지. 근데 이러고 또 보겠지. 싫어하는 사람의 채널을 자꾸 확인하게 되는 건 대체 무슨 심리일까?

오늘 학교에서 권민영이 온리몽에 대해 이야기했어. 권민영은 몽몽의 추종자야. 몽몽이 하는 건 뭐든 다 따라 해. 권민영은 자신이 몽몽과 닮았다고 생각하고 있어. 대놓고 그렇게 말한 적은 없지만 은근히 그런 말을 자주 흘려. "몽몽이가 입는 옷이 이상하게 나한테도 잘 받더라." 이런 식이야. 그럼 그룹의 아이들은 "민영이 너랑 몽몽, 닮았잖아." "맞아. 민영이 너도 브이로그 하면 완전 인기 많을 텐데." 이런 식으로 맞장구를 치지. 아니, 쳐야만 해. 안 그러면 권민영이 입을 딱 다물고, 그 순간 분위기가 완전 싸해지거든. 완전 짜고 치는 고스톱이야. 권민영하고 몽몽이 정말 닮았냐고? 전혀!

우리 반에 '몽몽 신드롬'을 몰고 온 것도 권민영이야. 우리 학교는 아침에 한 번 휴대폰을 수거해 가면, 수업이 전부 끝날 때까지 돌려주지 않아. 심지어 점심시간에도 안 준다니까. 너무하지 않아? 우리 학교는 수업 때 학교에서 나누어 준 노트북을 사용하는 게 교칙인데, 그 노트북은 외부 인터넷 접속이 안 돼. 게다가 와이파이도 학교 공용은 수업 때만 오픈해 놓는다니까. 당연히 애들 모두 인터넷에 굶주려 있어.

권민영은 휴대폰이 두 대인데, 한 대를 담임에게 제출하고 한 대는 몰래 가지고 있어. 쉬는 시간이면 권민영은 휴대폰을 꺼내서 데이터를 잡지. 그 순간 애들이 우르르 권민영에게 몰려들어. 그럼 권민영은 당연하다는 듯이 몽몽의 브이로그를 틀지. 그럼 인터넷이 고픈 애들은 싫든 좋든 그걸 보는 거야. 그쯤 되면 거의 세뇌가 아닌가 싶어.

"몽몽이 온리몽하고 데이트할 때 바른 립글로스 예쁘더라. 나도 모르게 따라 샀어."

권민영은 새로 샀다는 립글로스를 꺼내 자랑하면서 온리몽 이야기를 했어. 순수해서 귀엽다나. 아무리 봐도 안성한은 권민영이 엄청 싫어하는 타입인데, 몽몽의 남자친구라는 이유만으로 칭찬을 하더라니까.

"그거 협찬이었을까?"

"아닐걸? 몽몽은 협찬은 협찬이라고 말하잖아. 피부가 예민해서 화장품은 협찬 잘 안 받는 편이기도 하고."

"전에 D사 추리닝 협찬이 대박이었지. 그 브랜드, 연예인만 협찬하는 걸로 유명한데."

"몽몽 정도면 연예인이지. 부럽다. 나도 몽몽처럼 유명 브이로거 돼서 협찬 받고 싶어."

권민영이 그렇게 말하니까 애들은 저마다 몽몽이 부럽다고, 유명 브이로거가 되고 싶다는 말을 했어.

"그러게. 나도 그렇게 됐으면 좋겠다."

나도 반은 의무적으로, 반은 진심을 담아 그렇게 중얼거렸어. 그런데 권민영이 나를 엄청 무섭게 노려보는 거야.

"모난이, 네가? 그건 진짜 무리지. 너, 브이로거는 아무나 하는 줄 아니?"

짜증이 났어. 자기는 되고, 난 아예 안 될 거라는 거야, 뭐야? 더 짜증 나는 건, 그 말을 듣고도 괜찮은 척 웃고 있던 나였어.

두고 봐. 어떻게든 되고 만다. 유명 브이로거.

방법이 없으면 어떻게든 찾고 말리라. 이를 갈며 집에 왔어. 내가 얼마나 절박했냐면 친척 언니에게 조언까지 구했다니까. 친척 언니라곤 해도 어릴 적부터 친하게 지내서 친언니나 다름없는 사이야. 치고받고 싸우며 자란 사이다 이 말이지. 언니가 있는 사람이라면 다 알 거야. 혈육에게 조언을 구한다는 게 얼마나 자존심을 굽히고 들어가야 하는 일인지. 하지만 아무리 생각해도 조언을 구할 상대로 언니가 딱이었어. 언니는 나보다 훨씬 더 브이로그에 빠삭해. 언니는 그래픽학과에 재학 중인데 브이로그 편집으로 쏠쏠한 수입을 올리고 있거든. 처음엔 한 건에 3~4만 원씩 커미션을 받았는데, 솜씨가 좋다는 소문이 나서 지금은 작은 프로덕션에 소속되어 외주로 일을 받고 있어. 언니는 트렌드를 놓치면 안 된다고 평소에 밥을 먹거나 할 때도 늘 브이로그를 보곤 하지.

"언니, 별로 잘하는 거 없는 십 대 여자애가 인기 브이로거가 될 수 있는 방법이 있어?"

내가 묻자 언니는 손을 내저었어.

"왜? 너 브이로거 하려고? 아서라. 그거 멘탈 엄청 강해야 돼."

그래도 내가 물러서지 않고 재차 묻자, 언니는 잠깐 생각하더니 답을 내놓았지.

"커플 브이로그를 찍어."

그게 언니의 답이었어. 커플 브이로그는 꾸준히 수요가 있고, 커플의 케미만 잘 맞으면 구독자 느는 건 일도 아니라나. 언니의 답에 나는 뺨을 크게 부풀렸어. 알지, 알고말고. '온리몽'의 구독자 수 늘어나는 걸 내 눈으로 보고 있는데 모를 리가 있겠어.

커플에는 커플로그로!

하지만 제일 중요한 남자친구가 없는데, 대체 어떻게 커플로그를 찍을 수 있겠어?

한심하지, 정말. 한심한 일뿐이야.

2

"난아, 너 아직도 브이로그에 관심 있어?"

토요일 오후였다. 여전히 복수할 방법은 찾지 못한 채 깜깜한 오리무중 상태다. 인기 있는 브이로그를 많이 보고 분석이라도 하자 싶어서, 거실 소파에 누워 브이로그를 봤다. 자꾸만 '온리몽' 채널의 구독자 수가 더 오르지는 않았는지 확인하고 싶은 마음을 눌러 참느라 화면에 도통 집중이 되지 않았다. 그건 전 남친의 메시지 목록을 뒤져 보는 것과 비슷한 행위이고, 누가 봐도 지질한 행동이다. 이미 최고조에 오른 '한심한 모난이' 모드에 '지질한 모난이' 모드까지 더하고 싶진 않았다. 그럼에도 자꾸만 온리몽의 채널로 향하는 손가락을 멈추게 한 건, 언니의 한마디였다. 나는 벌떡 몸을 일으켜 앉았다.

"있어! 아주 많아."

"그래? 그럼 내가 커뮤니티 사람 소개해 줄 테니까 한번 만나 볼 래?"

"커뮤니티?"

언니의 말인즉슨 이랬다. 언니가 활동 중인 영상편집 커뮤니티 가 있는데, 그 분야에서는 상당히 유명한 곳이라고 했다. 가입 시 본인 인증이 까다로운 편이라 공모전 멤버를 찾거나 할 때 신원이 확실한 사람을 구할 수 있기 때문이다. 그 커뮤니티에 '인형'이라 는 유명인이 있는데, 그 애를 만나 보라는 거였다.

"S예술고등학교였나. 어쨌든 되게 좋은 학교에 다닌다고 들었 어. 그 애가 올리는 작품이 나이에 비해서 상당히 좋거든. 본격적 으로 편집을 배운 지 일 년 정도밖에 안 됐다는데 센스가 좋아. 그 애가 브이로그에 관심 있는 사람 있으면 소개해 달라고 하더라. 대학을 미디어학부로 가고 싶은데, 다큐멘터리를 만들어서 공모 전에 낼 거라고. 브이로그를 주제로 하고 싶다고 하던데…."

언니는 내게 영상을 하나 보여 줬다. 색감부터 편집까지 완벽한 브이로그였다. 나 같은 아마추어가 휴대폰으로 아무리 애쓰며 자 르고 붙여 봤자 결코 얻을 수 없는 퀄리티의 영상. 이런 영상이라 면 금방이라도 조회수가 대박이 나지 않을까 싶었다.

"편집 끝내준다. 이 정도 실력이면 혼자 해도 되는 거 아냐?"

"정확히는 출연자를 구하는 거야. 걔가 좀 낯가림이 심해서 채 팅도 하는 사람하고만 하거든. 내가, 내 사촌 동생이 너랑 동갑인데 브이로그에 관심 있으니까 이야기해 보라고 했지. 혼자보다 둘이 낫잖아. 걔 아이디, 네 메신저로 보낸다.”

나는 고개를 끄덕거렸다. 찬물, 더운물 가릴 때가 아니었다. 띠링. 언니가 보낸 메시지가 내 휴대폰 액정에 떴다. 나는 잠시 망설이다 아이디 등록을 한 뒤 채팅창을 열고 한 자 한 자 신중하게 자판을 눌렀다.

─ 안녕하세요. 언니한테 이야기 듣고 메시지 드려요. 브이로그 관련해서요.

메시지를 보내자마자 휴대폰을 소파에 놓인 쿠션 아래로 밀어 넣었다. 너무 긴장이 돼서, 도저히 휴대폰 액정을 들여다보고 있을 수가 없었다. 이게 잘한 일일까. 괜한 일을 벌인 건 아닐까. 그런 후회가 고개를 쳐들 때쯤, 소파 아래에서 강하고도 짧게 진동이 울렸다. 나는 떨리는 손으로 휴대폰을 꺼냈다.

답변이 와 있었다.

옷, 괜찮다. 언니의 립글로스도 슬쩍 훔쳐서 바르고 나왔다. 나는 약속 장소인 카페에 앉아, 탁자에 챙겨 온 강아지 인형을 올려놓았다. 혹시 서로 알아보지 못할까 봐 표시용으로 준비한 것이다.

'…괜히 만나자고 했나.'

나는 휴대폰을 손에 쥔 채 만지작거렸다. 일요일 한낮의 카페는 사람들로 가득 차 있었다. 평소엔 혼자 공부하는 사람도 많더니 오늘따라 다 두셋씩 앉아 있는 사람들만 눈에 보였다. 혼자 앉아서 얼굴도 모르는 상대를 기다리고 있자니 손바닥이 땀으로 축축해졌다.

'제발 인형이란 아이가 이상한 사람이 아니기를!'

처음 '인형'과 메시지를 주고받을 때만 해도 직접 만날 생각은 없었다. 하지만 '인형'은 메시지를 확인한 후 답을 하는 속도가 느렸다. 바로 확인을 안 하나 싶었는데, 그것도 아니었다. '1'은 바로 사라졌는데, 십여 분이 지난 후에야 답변이 돌아왔다. 이대로는 이야기가 진행이 안 되겠다 싶어서 만나자고 했다. 그 제안에 대한 답변은 한 시간 후에야 왔다. '그래.' 딱 두 글자 치는 데 한 시간이라니! 나무늘보인가 싶었다.

'설마 오륙십 대 아저씨가 나오는 건 아니겠지?'

나는 '인형'의 채팅창 프로필 사진을 뚫어져라 노려보았다. 프로그램에서 제공하는 노란 기본 프로필이었다. 내 또래 중에 기본 프로필을 사용하는 사람은 처음 봤다. 적어도 내 친구들 중에는 없다. 어쨌든 흉흉한 사건이 매일 뉴스에 나오는 세상이다. 조심해서 나쁠 건 없겠지 싶어서 일부러 번화가에 위치한, 일요일에 제일 붐빌 게 뻔한 카페로 약속 장소를 잡았다. 그래도 불안은 쉽게 가라앉지 않았다. 안성한에게 복수를 하겠다는 일념만 아니었다면 진즉에 여기서 도망쳤을 거다.

"혹시 모티즈 씨?"

누군가 나를 부르며 앞에 와 섰다. 나는 고개를 들어 내 앞에 선 사람을 봤다. 그 순간 도망가지 않은 나 자신을 격하게 칭찬해 주고 싶어졌다.

'대박. 존잘.'

그 말이 입 밖으로 튀어나오려는 걸 한 줄기 남은 이성의 끈을 꽉 부여잡고 간신히 참았다. '인형'은 잘생겼다. 만난 지 몇 초밖에 안 되었지만 그 사실만은 확실했다. 인형이 내 맞은편에 앉았을 때, 뒤에서 소곤거리는 목소리가 들렸다. "완전 잘생겼다. 연예인인가 봐." "연습생 아냐?" 사람을 앞에 두고 외모 평가라니 참 무례한 사람들이다. 하지만 이해는 된다. 나 같아도 저런 얼굴이 주변에 나타나면 연예인인가 싶어서 봤을 거다.

"예, 맞아요."

"어, 맞구나. 안녕하세요. 제가 오늘 만나기로 한 인형입니다."

나는 인형을 따라 꾸벅 고개를 숙였다. 어색한 정적이 내려앉았다. 나는 강아지 인형을 집어 들어 가방 안에 넣었고, '인형'은 손가락만 꼼지락거렸다.

"저기, 모티즈 씨."

"잠깐만. 우리 통성명부터 할까요? 닉네임으로 부르는 거 좀 그런데. 그리고 말도 좀 놓죠. 우리 동갑이잖아요. 이야기 편하게 하려면 그 편이 좋지 않을까요."

"어, 그래요, 그럼…. 그러자. 나는 이인형."

"인형? 그거 닉네임이 아니었어?"

"본명이야. 닉네임 생각하고 그러는 거 귀찮아서…."

이인형은 메시지에 답을 보낼 때만큼 말도 천천히 했다. 음절과 음절 사이를 잠깐씩 쉬고 이어 가는 목소리에서 독특한 리듬감이 느껴졌다. 나는 이인형의 말투가 꽤 마음에 들었다.

"난 모난이. 모티즈는 내 별명이야. 말티즈 닮았다고."

내 말에 무표정하던 이인형의 얼굴에 살짝 웃음이 감돌았다.

"언니한테 이야기 들었어. 브이로그 주제로 다큐멘터리 만들고 싶다고."

"응. 페이크 다큐에 관심이 있어. 가짜 맛집 만들고 방송에 제보해서, 돈으로 맛집이 조작되고 있는 걸 보여 주는 그런 거."

"알아. 본 적 있어."

"응. 페이크 다큐는 영상이라는 매체를 통해 영상 안의 일들이 전부 진실이 아니라는 걸 거짓말을 함으로써 폭로하는 거잖아. 우리 십 대한테 제일 익숙한 영상 매체는 텔레비전보다는 인터넷 동영상 사이트고. 그중에서도 브이로그는 일상을 찍는다는 점에서 현실과 가상의 경계가 모호한 면이 많아. 다큐를 찍으려면 내가 먼저 브이로그에 대해 잘 알아야 할 것 같더라고. 그래서 일단 브이로그를 찍어 보자 싶었어. 그러려면 출연자가 필요하고. 그래서 누나한테 상담했다가 네 이야기를 들은 거야."

"그러니까 지금… 내가 브이로그를 찍고, 이인형 너는 편집만 한다는 거지?"

"응."

순간 하려던 말을 꿀꺽 삼켰다. 이인형. 네가 아무 말 안 하고 카메라만 보고 있어도 구독자가 폭증할 거야, 라는 말. 이인형은 거울을 안 보고 살거나, 혹은 브이로그 세계의 최고 무기는 얼굴이라는 사실을 모르고 있거나 둘 중 하나지 싶다. 잘생겼다는 이유 하나로, 말 한마디 안 하는 공부 브이로그의 구독자가 사십만이 넘어가는 시대다. 그 어떤 금수저보다 위에 있는 다이아몬드 수저는 뭐다? 잘생긴 거다. 유전자의 혜택 없이는 결코 얻을 수 없는 천연자원. 물론 의느님과 편집의 힘을 빌리면 어느 정도 후보정이 가능하지만, 사람들이 환호하는 건 자연 미인 쪽이다. 이인형이 가만히 앉아만 있어도 안성한을 이길 수 있는 구독자를 모을 수 있을 게 확실했다. 그렇지만 단순히 이인형을 내세워 구독자만 모으는 건 의미가 없다. 그 구독자들이, 내가 안성한에 대해 폭로했을 때 내 편이 되어 줄 결정적인 무언가가 필요했다. 이인형의 얼굴로 구독자를 낚고, 낚아 올린 구독자를 내 편으로 만들 방법. 그런 방법이 뭐가 있을까. 나는 필사적으로 머리를 굴렸다.

'돌아가라, 내 머리. 방법. 그런 방법이….'

있었다. 커플로그에는 커플로그로! 커플로그가 구독자를 제일 빨리 얻기에 좋다던 언니의 말이 머릿속에 떠올랐다. 남자친구도 없는데 어떻게 커플 브이로그를 찍냐고 절망했던 것까지도. 나는 양손을 꽉 움켜쥐고 이인형을 바라보았다.

"나랑 커플 브이로그 찍자."

"커플…?"

이인형이 느리게 눈을 깜박거렸다. 내가 저런 표정을 하면 그냥 바보 같을 텐데, 이인형은 그것마저도 귀여웠다. 얘가 브이로그에서 저런 표정을 지으면 '멍뭉이 남친짤'로 캡처되어 돌아다닐 확률 백 프로다.

"그래. 가짜 커플로그! 커플 브이로그도 그렇고, 연애를 다루는 프로그램도 그렇고, 요즘 사람들, 남의 연애 보는 거 진짜 좋아하잖아. 십 대의 커플 브이로그를 보는 사람들은 누군지, 또 그 사람들이 진짜 커플이라고 생각했던 커플이 사실은 연기를 하고 있었다는 걸 알았을 때 어떻게 반응할지 궁금하지 않아?"

"…괜찮은 것도 같네. 페이크 러브에 대한 페이크 다큐. 그런데 커플 로그면, 나도 출연해야 하는 거야?"

"당연하지. 여자 혼자 나와서 커플이에요, 라고 떠들면 그게 커플 브이로그로 보이겠니?"

이인형은 한참이나 손가락만 움직이다가, 내게 불쑥 물었다.

"넌 괜찮겠어? 얼굴 다 공개되잖아. 나야 다큐멘터리 자료 모으려고 하는 거니까⋯ 감수할 수 있다고 쳐. 하지만 넌? 단순히 브이로그에 관심 있어서 하기에는 리스크가 크잖아. 나랑 브이로그 찍는 도중에 진짜 좋아하는 사람이 생기거나 할 수도 있고⋯."

나는 내 앞에 놓인 컵을 들고 빨대 끝을 자근자근 씹었다. 이인형에게 안성한과의 일을 털어놓을 것인가 말 것인가 고민이 되었다. 적당한 핑계를 댈 수도 있다. 하지만 거짓말은 또 다른 거짓말을 낳을 거고, 그럼 난 이인형과 함께 있는 내내 이인형의 눈치를 봐야 할 거다. 그런 상황은 노땡큐다. 학교에서 애들 눈치를 보는 것만으로도 지긋지긋하다. 나는 빨대에서 입을 뗐다.

"나한테 그 리스크를 감내해야 할 이유가 있어."

그러니까 내가, 남자친구에게 차였거든. 내 말에 이인형의 눈이 둥그레졌다. 나는 안성한과의 일을 모두 털어놓았다. 혼자서 머릿속으로 곱씹을 때는 떠올리기만 해도 분노가 치솟았는데, 이인형에게 이야기를 하다 보니 오히려 점점 차분해졌다. 꽉 다물어져 있던 이인형의 입이, 내가 이야기를 하는 동안 조금씩 벌어졌다. 이인형은 입을 작은 동굴처럼 벌린 채 가만히 내 이야기를 들었다.

"그러니까 난, 구독자가 웬만큼 모였다 싶으면 안성한의 실체를 폭로할 거야. 우리가 가짜 커플이라는 걸 밝히는 건 그 뒤에 했으면 해. 가짜 커플인 거 밝히면 구독자 중에서도 우리한테 등 돌릴 사람들이 있을 테니까. 어때? 이게 내 이유야. 오히려 네가 같이하기 싫다고 해도 이해할게."

이해하기는 할 건데, 원망도 할 거다. 무덤덤하게 보이려고 애썼지만, 진짜로 이인형이 그만두겠다고 하면 바짓가랑이라도 잡고 매달리고 싶은 심정이었다. 이인형은 여전히 입을 벌린 채 고개를 끄덕거렸다.

"할게. 커플 브이로그."

"…정말로?"

"응. 할게."

'축. 미남이 내 파티에 들어왔다. 전투력이 100% 올랐다.' 게임이었으면 이런 문구가 내 머리 위에 떴을 거다. 나는 애써 평정을 가장하고 속으로 만세 삼창을 불렀다. 그때부터 진지한 회의가 시작되었다.

"일단 구독자를 모아야 해. 안 그러면 네 자료 수집도, 내 복수도 시작조차 못 해."

역할 분담이 빠르게 이루어졌다. 촬영은 서로의 휴대폰으로 함께 하고 편집은 이인형이, 대본은 내가 쓰기로 했다.

"대본까지 필요할까?"

내가 묻자 이인형은 심각한 표정으로 대답했다.

"필요해. 나는 커플이 뭘 하는지 전혀 모르거든."

"그냥 여자친구한테 했던 것처럼 하면 돼. 커플로그라는 게 그런 거잖아. 별거 없어. 그냥 둘이 꽁냥꽁냥 하고, 가끔 싸우고, 그런 거 보여 주는 거니까."

"여자친구 사귄 적 없어서 어떻게 해야 하는지 몰라."

저 얼굴로 연애를 해 본 적이 없다고? 농담인가 싶었지만 이인형의 표정은 진지했다.

'너무 잘생겨도 연애하기 힘들다는 게, 진짠가?'

더 이상 꼬치꼬치 캐묻기도 뭣했다. 게다가 생각해 보니, 나도 안성한과 딱히 커플다운 일을 해 본 적이 없었다. 이인형의 말대로 다른 인기 많은 커플로그를 참고해서 대강이라도 대본을 쓰는 게 좋겠구나 싶었다.

"그래. 그럼 대본 쓸 시간을 좀 줘. 처음이니까 일주일."

"나도 대본 받고 준비를 해야 하니 사흘. 오늘이 일요일이니까 다음 일요일에 첫 촬영을 했으면 해. 그러니까 금요일까지 보내줄 수 있어?"

"그래. 그럼 그렇게 하자. 그러면 일단⋯."

나는 가방에서 종이와 펜을 꺼내, 한 장을 이인형에게 내밀었다.

"서로 알아야 하는 거, 지금 대강이라도 적자. 그래야 대본을 쓰지."

"알아야 하는 거?"

"자기소개서 쓴다고 생각하면 돼. 학교, 나이, 생일, 취미, 뭐 그런 거. 서로 적은 거 보고, 처음에 어떻게 만난 것으로 할지, 그런 상황도 정해야지. 그래야 대본도 쓰고, 나중에 서로 말 어긋나서

곤란한 일도 안 생기고."

나는 빠르게 종이를 채워 나갔다. 내용을 반쯤 적었을 때 고개를 들어 이인형을 보니, 이인형은 종이에 볼펜 끝을 댄 채 꼼짝도 하지 않고 있었다. 그러다가 힐끔 내 쪽을 봤고, 나와 눈이 마주치자 그제야 손을 움직였다. 십여 분 후, 나와 이인형은 서로 쓴 종이를 교환했다.

이인형. 17세. 생일 4월 27일. 취미는 편집, 영화 감상. PC방 자주 감. 단거 좋아함. 매운 거 잘 못 먹음.

나는 이인형이 건네준 종이를 뒤집어 봤다. 뒷장에는 아무것도 쓰여 있지 않았다. 그렇게나 길게 고민하더니 고작 두 줄? 아르바이트 지원서도 이보다는 더 길게 쓰지 싶었다. 나는 어렸을 때 키웠던 강아지 이름까지 다 적은 터였다. 혼자 들떠서 주접을 떤 것 같아 귓불 쪽으로 열이 확 올랐다.

"…너도 영화 보는 거 좋아하네. 그럼 영화관에서 처음 마주친 걸로 하자. 어떤 영화를 보고, 어떤 상황이었는지 그런 거는 내가 대충 꾸며 낼게. 대본하고 같이 보낼 테니까 확인해."

얼굴까지 빨개진 건 아니겠지. 나는 손에 든 종이로 팔랑팔랑 부채질을 하며 입에서 나오는 대로 말했다. 빨리 이야기를 마무리 짓고, 집에 가고 싶었다. 그래도 당장 그럴 순 없었다. 제일 중요한 일이 남아 있었다.

"그럼 우리, 이젠 활동명하고 채널명을 정해 볼까?"

[커플V-log] 인형 & 모티즈. 인티즈 고딩 커플 일상

모난이 : 안녕하세요. 모티즈입니다. 말티즈를 닮았다고 해서 모티즈! 인형아, 너도 이쪽 봐. 손 좀 흔들어 봐.

(셀카봉을 들고 있는 게 확연한 구도. 내 얼굴만 화면 가득 잡힌다. 화면이 흔들리고, 인형의 얼굴이 잠깐 비쳤다가 다시 내게로 돌아온다. 곧 화면이 전환되고 나와 인형의 얼굴이 함께 화면에 잡힌다. 인형은 어색한 표정으로 카메라를 향해 손을 흔들어 보인다.)

이인형 : 나 이런 거는 좀.

모난이 : 왜? 데이트할 때 찍어 두면 나중에 추억도 되고, 재미있잖아. 여러분, 얘가 제 남자친구 인형이에요. 저랑 얘랑 오늘부터 1일! 제 남자친구 완전 잘생겼죠? 인형아, 손하트 해 봐. 인형이가 부끄럼을 좀 많이 타요.

(내키지 않는 듯 휴대폰 쪽을 보다가, 나를 보고 입꼬리를 올리며 손가락 하트를 해 보이는 인형. 나는 웃으며 카메라에 손을 흔들어 보인다. 화면이 종료된다.)

❖

나와 인형의 첫 브이로그는 짧았다. 총 재생 시간 일 분 삼십 초. 동영상 플레이 타임이 짧으면 수익 창출이 되지 않는다. 적어도 삼 분 이상은 되어야 중간에 광고가 붙기 때문이다. 나와 인형은 수익 창출을 포기하고, 대신 영상 길이를 짧게 해서 접근성을 높이기로 했다.

"짧은 게 대세야. 쇼트 플랫폼에도 동시 업로드하자."

이인형의 말에 나도 동의했다. 우리의 목표는 수익이 아니라 단시간에 많은 구독자를 얻는 거니까. 하지만 일 분 삼십 초짜리 영상을 만들기까지의 과정도 계획대로였냐면, 그건 아니었다.

첫 촬영 날, 나는 세 번이나 대본을 고쳐야 했다. 고작 공원 벤치에 앉아서 인사를 하는 장면을 찍는 것뿐인데 고칠 게 뭐 있냐고? 나도 그럴 줄 알았다. 대본을 쓰기 시작했을 때만 해도 이인형에 비해 내가 너무 하는 일이 없는 것 같아서 미안하기도 했다. 그래서 나는 사흘간 눈이 빠져라 인기 있는 커플들의 브이로그를 보며, 그들의 인기 요인을 내 나름대로 분석했다. 커플 중 한쪽이 비글미가 넘치거나, 애교가 많거나, 혹은 상대에게 엄청나게 반해 있다는 티를 마구 뿜어내는 커플의 브이로그가 조회수가 많았다. 특히 남자가 그런 역할을 하는 커플의 채널은 구독자도 많았다. 언니는 그게 당연한 거라고 했다. 커플로그를 보는 시청자 중에는 여자 비율이 높고, 그들은 현실에는 없는 파랑새를 쫓게 마련이라나. 그리고 무엇보다 중요한 건 자연스러움이었다. 누가 봐도 진짜 커플이다 하는 분위기가 넘치는 커플일수록 댓글도 많이 달렸다. 댓글을 다는 시청자는 중요하다. 댓글을 단다는 건 '난 너와 소통하고 싶어'란 뜻이니까. 댓글을 다는 구독자는 뭔가 일이 터졌을 때 내 편이 되어 줄 확률도 높다.

그래서 내가 완성한 첫 대본의 내용은 이인형이 주가 되는 거였다. 이인형이 카메라를 향해서 '티즈야, 여기 봐'라고 한마디만 해도 여자들 마음이 살살 녹을 거였다. 물론 나는 바로 카메라를 보지 않는다. 한쪽이 다정다감, 애교덩어리면 다른 한쪽은 무뚝뚝하고 새침한 캐릭터일 것. 이게 인기 많은 커플의 조합 법칙이니까. 그럼 이인형이 다시 나를 부른다. 티즈야, 라고. 세 번째는 '티즈 공주님'이라고 부른다. 그럼 나는 못 이기는 척 카메라를 보는 거다. '공주님'이란 대사를 쓸 때는 나도 손발이 오그라들었지만, 반응이 좋을 거라는 확신이 있었다.

설마 이인형이 그렇게까지 연기를 못 할 줄이야. '공주님'까지 가지도 못했다. '카메라를 보고 자연스럽게 웃으며 인사하기'부터가 안 됐다. 첫 장면만 열 번을 넘게 찍었는데 누가 보면 카메라 든 사람이 부모의 원수쯤 되는 줄 알 듯한, 그런 표정만 찍혔다.

"너, 촬영하기 싫어?"

"난 웃는다고 웃는 건데."

이인형이 자신의 턱을 어루만졌다. 그 뒤로도 몇 번 더 시도했지만 소용없었다.

"처음 시작을 네가 하는 게 부담스러워서 그런가 보다. 그럼… 바꾸자."

처음에 내가 셀카봉을 들고 안녕, 이라고 첫마디를 하면 옆에서 이인형이 애교스럽게 뭐 해, 라고 말하며 끼어들어 내 손에서 셀카봉을 빼앗아 가는 것으로 대본을 바꿨다. 나는 셀카봉을 들고 공원 벤치에 앉아 안녕, 이라고 말했다. 벤치 앞을 지나가던 아저씨가 나를 힐끔 보더니 쯧, 하고 혀를 찼다. 정작 옆에서 끼어들어야 할 이인형은 고개를 숙인 채 앉아 꼼짝도 하지 않았다. 벤치 아래서 이인형의 발을 툭 치며 신호를 줬지만 소용없었다. 녹화 중지. 나는 눈가에 힘을 빡 주고 이인형의 옆얼굴을 노려봤다.

"이인형, 나랑 하기 싫으면 싫다고 말을 해."

"아니, 진짜 아니야. 하기 싫은 게 아니라…"

"그럼 뭔데? 대본이 마음에 안 들어? 괜찮다며. 인기 있을 것 같은 요소를 잘 분석해서 넣었다고, 너도 마음에 든다고 그랬잖아."

속상했다. 고작 한 장짜리 대본이지만 사흘간 온갖 노력을 쏟아부어 쓴 것이었다. 이제까지 글이라고는 블로그에 일기를 쓴 게 다인 나였다. 대본을 쓰는 동안 차라리 문제집 반 권 푸는 게 더 쉽겠다는 생각을 백 번쯤은 했다. 이인형이 메시지로 '좋은데. 이거'라고 보냈을 때는 아싸, 소리가 절로 나왔다.

"아냐, 진짜로! 대본 좋아. 모난이, 너 진짜 열심히 했어."

"근데 왜 연기를 안 해?"

이인형은 턱이 빨개지도록 문지르고 또 문질렀다. 후덥지근한 바람이 땀으로 달라붙은 앞머리 틈새를 간질였다. 순간 나는 아이스크림이 간절해졌다. 브이로그고 뭐고 다 때려치우고 시원한 아이스크림을 한 입 덥석 베어 물고 싶었다. 부드러운 소프트아이스크림이 아니라, 딱딱해서 베어 무는 순간 이가 시리도록 아픈 하드 아이스크림. 와삭 소리와 함께 불쾌한 열기를 모두 걷어 버릴 서늘함이 필요했다.

"내가… 카메라 보는 걸 무서워해."

"뭐?"

이인형의 말에 눈가의 힘이 스르르 풀렸다.

"카메라 보면 저절로 몸이 굳어. 예전에는 진짜 심했어. 중학교 때는 골목에 CCTV가 있을까 봐 무서워서 모자 안 쓰고는 밖에 못 나갔어. 요즘은 그렇지도 않고, 셀카도 찍거든. 그래서 괜찮아진 줄 알았어. 미안."

"카메라 공포증, 뭐 그런 거야? 찍히는 것 자체가 싫은 거야?"

나는 휴대폰 카메라로 이인형을 비추었다. 이인형은 고개를 갸웃거렸다.

"괜찮은데. 네가 찍는 건."

"그럼 이건?"

셀카 모드로 전환하자, 이인형의 표정이 한순간에 굳었다.

"이건 좀."

"너, 네가 화면에 비친 걸 보는 게 싫은 것 같은데."

이인형이 고개를 끄덕거렸다. 나는 휴대폰을 만지작거리다가 벌떡 자리에서 일어났다.

"화났어?"

"화 안 났어. 원인을 알았으면 고치면 되지."

"이거 그렇게 쉽게 안 고쳐져. 중학교 때도 고치려고 노력 엄청했어."

"아니, 대본을 고치면 된다고. 그 전에 아이스크림 하나 먹자. 너 뭐 먹을래?"

나를 올려다보던 이인형의 입이 살짝 벌어졌다. 이인형은 대답을 하지 않았고, 결국 나는 혼자 편의점에 가서 내 몫의 아이스크림만 샀다. 벤치에 돌아오니, 이인형은 그때까지도 멍하니 입을 벌리고 앉아 있었다.

'애가 좀, 가끔 퓨즈가 나가는 것 같아.'

나는 아이스크림 포장지를 벗기고 휴대폰에 저장해 놓은 파일을 불러왔다. 대본을 어떻게 고치면 좋을까 고민이 되었다. 되도록 이인형이 액정을 정면으로 보지 않아도 되는 내용이어야 한다. 톡. 톡. 휴대폰 키보드를 두드리는 동안 손에 든 아이스크림이 천천히 녹아내렸다.

그날 저녁 늦게, 이인형에게 메시지가 왔다.

― 업로드 완료.

바로 채널에 들어갔다. 아무것도 없던 채널에 영상 하나가 달랑 떠 있었다. 조회수 2. 댓글 없음. 잔뜩 부풀었던 흥분이 푸시식 가라앉았다.

'그럼 그렇지. 올리자마자 대박이 날 리가.'

샤워를 하다가도, 잠을 자려고 누웠을 때도 계속 '조회수 2'가 머릿속에 떠다녔다. 불 꺼진 방에 누워서 계속 휴대폰을 들여다보며 영상을 클릭했다.

'무슨 짓이야, 이게. 자자.'

자괴감이 몰려왔다. 이인형에겐 그 뒤로 메시지 한 통 없는데, 나 혼자 안달복달하는 꼴이라니. 나는 휴대폰을 침대 아래로 밀어 넣어 버렸다.

'나도 신경 끌 거야. *끄고말고.*'

끄기는 무슨. 아침에 일어나자마자 내가 한 일은 침대 아래로 기어들어 가서 휴대폰을 꺼내 채널에 접속한 거였다. 믿기 힘든 숫자가 재생수에 찍혀 있었다. 3만 5천. 댓글 35개. 침을 꼴깍 삼키는데, 이인형의 메시지가 액정에 떴다.

— 괜찮아? 댓글란 일단 막을까?

왜 그렇게 묻는 건가 싶어 재빨리 댓글을 봤다.

└ 남자가 아깝다.
└ 여자 완전 못생김.
└ 말티즈를 닮았대. 우웩. 지가 귀엽다는 거야, 뭐야.
└ 인형아, 협박당해서 사귀는 거면 당근을 흔들어!
　→ 당근을 흔들어 222 누나가 구하러 갈게.
　→ 인형 당근 구출조 합류합니다. 3333
└ 인형 오빠 너무 잘생겼어요. 구독!!
└ 인형이 얼굴만 보고 간다!!

　순간 누군가 내 명치를 세게 때린 것처럼 숨이 쉬어지지 않았다. 댓글 대부분이 내 외모를 비웃는 내용이었다. 나는 숨을 크게 내쉬고, 이인형에게 답장을 보냈다.

— 괜찮아. 전혀 아무렇지도 않아.

❖

괜찮냐고? 전혀! 하나도 괜찮지 않아. 괜찮을 리가 없잖아. 나도 알아. 나 별로 안 예쁜 거. 그걸 어떻게 모르겠어. 엄마 아빠가 아무리 나한테 예쁘다고 해도 유치원에만 가도 알게 된다고. 내가 그렇게 예쁘지 않다는 것쯤은! 아니, 그래도 못 생긴 건 아니잖아. 애초에 못생긴 게 뭐야? 그 기준은 누가 정하는데? 그런데 이렇게 말하면 외모 가지고 뭐라고 하는 사람들, 아마 그럴 거야.

'꼭 못생긴 애들이 획일화된 미 어쩌고, 개성 어쩌고 하더라.'

그러면서 비웃겠지. 진짜 싫어. 싫은데, 나도 이인형 얼굴이면 구독자 많이 끌겠다 싶어서 혹했던 거 맞잖아. 그런데 어떻게 괜찮지 않다고, 못생겼다는 댓글에 상처받았다고 말하겠어.

진짜 궁금해. 저런 댓글을 다는 사람들은 무슨 생각으로 키보드를 치는 걸까?

직접 얼굴 마주 보고 앉아서 '너 못생겼어'라거나 '네 남자친구가 아깝다'라고 말하는 사람, 별로 없잖아. 만약에 친구

사이에 누가 저런 말 한다고 방송에 사연 보내면, 다 그 친구 성격 나쁘다고 욕 엄청 할걸? 그런데 왜 브이로그에는 그런 댓글을 아무렇지 않게 달지? 진짜 만나서 말하는 게 아니니까 괜찮다고 생각하는 건가? 그냥 자기 생각을 솔직하게 쓴 건데 뭐가 문제냐고 여기는 걸까? 그 브이로그를 찍어서 올리고, 댓글을 읽는 사람이 있다는 건 생각 못 하는 걸까? 아니면 자기와 아무 상관없는 사람이니까 무슨 말이든 해도 된다고 생각하는 걸까?

연예인들한테 악플 다는 사람들 있잖아, 악플러들. 그 사람들은 그게 악플이라고 생각을 안 한다더라. 예전에 악플에 시달리던 연예인이 자살한 사건이 있었거든. 그때 악플 단 사람들 찾아가서 왜 그랬냐고 물었더니, 그렇게 대답한 사람이 제일 많았다는 거야. 그게 뭐가 악플이냐고. 브이로그에 못생겼다는 댓글 단 애들도 그렇게 대답할 것 같아.

그렇게 대답한 사람들에게 물어보고 싶어. 그럼 너는 길 가다가 눈이 마주친 사람에게 못생겼단 말 들어도, 그걸 욕으로 생각 안 할 거야? 라고. 그러면 걔들은 그러겠지. 길 가다가 뜬금없이 욕먹는 것하고 그게 같냐고. 욕먹으려고 길에 나가는 사람이 어디 있냐고.

브이로그도 욕먹으려고 올리는 사람 없어. 대체 그게 뭐가 다른 걸까.

3

검은 티셔츠가 한 벌, 두 벌, 세 벌. 세 번째 티셔츠가 가방에서 나왔을 때 설마 했다. 설마가 진짜였다. 이인형이 가져온 옷은 모두 검은 티셔츠였다. 세 벌 모두 학교 체육복을 떠올리게 하는 밋밋한 디자인이었다.

"갈아입을 옷으로 가져온 게 이게 다야?"

"응. 나 옷에 별로 관심이 없어서, 있는 게 이게 다야."

"…진짜로 이게 다야?"

내가 재차 묻자, 이인형은 그제야 무언가 잘못되었음을 깨달은 듯했다. 이인형이 입고 있는 옷도 검은 반팔 티셔츠였다. 검은 티셔츠에 검은 반바지. 그런데도 꾸미고 나온 듯 멋있었다. 한때 인터넷에서 잘생긴 연예인들이 셀카를 대충 찍는 게, 어떻게 찍어도 잘생겨서라는 농담이 떠돌았었다. 이인형이 패션에 관심이 없는 것도, 저렇게 시커멓게 입어도 멋있다는 말을 듣기 때문이 아닐까. 나와 이인형이 진짜 사귀는 사이고, 지금 이게 진짜 데이트였다면 나도 이인형의 옷차림에 별로 불만을 갖지 않았을 거다. 그렇지만 지금은 그런 상황이 아니었다.

"인형아, 우리 오늘 옷 갈아입으면서 브이로그 찍기로 한 거 맞지?"

"어, 그렇지."

커플 브이로그를 찍기 시작한 지 한 주가 지났다. 구독자 수는 빠르게 늘어나서 이제 곧 이천 명을 눈앞에 두고 있다. 그리고 그 한 주간, 나는 지옥의 스케줄을 경험했다. 같은 학교나 학원에 다니는 것도 아니고, 사는 곳도 버스로 세 정거장이나 떨어진 두 사람이 매일 만나서 브이로그를 찍는 건 쉬운 일이 아니었다. 내 경우, 학교가 끝나면 오후 다섯 시였고 여섯 시부터는 학원에 가야 했다. 학원이 끝나면 밤 열 시다. 잘은 몰라도 이인형도 나와 비슷하지 않을까 싶다. 대한민국에 사는 고등학생들의 삶이라는 게 엄청 특이한 경우 아니고서야 고만고만한 법이니까 말이다. 일주일간 나와 이인형은 오후 다섯 시 이십 분쯤에 약속 장소에서 만나서 이십 분간 브이로그를 찍었다. 그리고 나는 남은 이십 분 안에 학원에 도착하기 위해 전력 질주를 했다. 시간이 급박하다 보니 다른 커플 채널에서 인기가 있는 밸런스 게임, 몰래카메라 등의 콘텐츠는 시도도 해 볼 수 없었다. 그날 찍을 브이로그의 대본을 그날 쓰는 것도 힘들었다. 모르긴 몰라도, 이인형도 그날 찍은 영상을 바로 편집해서 올리느라 꽤 힘들지 않았을까 싶다.

1일 1업로드. 이게 '인티즈' 채널을 시작할 때 나와 이인형이 정한 규칙이었다. 로그 길이가 짧은 만큼 업로드를 매일 해야 빠르게 구독자를 늘릴 수 있을 거라고 생각했던 것이다. 브이로그의 핵심은 친밀함이다. 몽몽의 브이로그는 한 편의 길이가 십여 분 내외로 긴 편이고, 사소한 일상을 하나하나 보여 줘 친밀함을 만들어 낸다. 대신 일주일에 두 번 정도로, 업로드 텀이 있는 편이다. 나와 이인형은 몽몽과는 다른 전략을 택하기로 한 것이다.

"일주일 치 미리 찍기로 하고 만난 거잖아. 매일, 그날그날 찍은 것처럼 보여야 하니까 세 번 정도는 옷을 갈아입기로 한 거고. 그런데 세 벌 다 비슷한 옷을 입고 찍으면 다른 날로 안 보이지 않을까?"

"어… 그러네. 미안. 거기까지 생각을 못 했어."

그래서 나와 이인형이 생각해 낸 방법은 '몰아 찍기'였다. 일주일에 하루, 일요일에 만나서 일주일 치 브이로그를 모두 찍기로 한 것이다. 대신에 갈아입을 윗옷을 가져와서 다른 날에 찍은 것처럼 연출하기로 했다. 다른 장소에서 다른 옷을 입고 나오면 시청자는 그것만으로 다른 날이라고 생각할 거였다. 그리고 오늘은 처음으로 '몰아 찍기'를 해 보는 날이다.

"그럼 우리, 오늘 첫 브이로그는 정해졌네. 옷 사러 가자. 인형이 네 옷."

"그런 대본은 없었는데…."

이인형은 당황한 듯 휴대폰을 봤다. 대본은 토요일에 모두 공유한 터였다. 나는 웃으며 꺼냈던 옷가지를 쇼핑백 안에 넣었다. 내가 가지고 온 건 데님 셔츠와 반팔 니트 카디건, 입고 온 건 아무 무늬 없는 흰색 반팔 티셔츠다. 흰색 티셔츠에 셔츠와 니트 카디건을 번갈아 입으면 그것만으로 다른 옷으로 보일 테니까. 나름 패션 사이트를 뒤져 가며 심사숙고해서 골라 온 옷들이었다.

"대본에 없는 것도 찍어 보는 거지. 가자. 옷 싸게 파는 데 알아."

"대본이 없으면 나 행동 진짜 어색할 텐데…."

"내가 셀카봉 들고 있을게. 그럼 액정에 너 비친 거 안 보일 거 아냐. 카메라 보라거나 그런 말도 안 할게. 그냥 내가 하는 말에 대답만 해."

내 거듭되는 설득에 이인형은 고개를 끄덕이곤 옷을 가방에 집어넣었다. 나와 이인형은 카페를 나와 옷 가게로 향했다. 언니가 단골 가게라며 나를 데리고 갔던 빈티지 옷 가게가 근처에 있었다. 티셔츠 한 장을 3천 원에 득템할 수 있는 곳이다.

내가 가게에 들어서자, 나를 알아본 주인 언니가 반겨 주었다. 나는 주인 언니에게 가게 안에서 촬영을 해도 되냐고 물었다. 주인 언니는 흔쾌히 그러라고 허락해 주었다. 나는 한 손에 셀카봉을 들고 가게 입구에 뻘쭘하게 서 있는 이인형을 불렀다.

"인형아, 이쪽으로 와 봐. 이거 너한테 어울리겠다."

이인형은 내가 부르자마자 쪼르르, 흡사 주인의 부름을 받은 대형견처럼 달려왔다. 나는 행거에 걸린 흰 티셔츠를 집어 이인형에게 건넸다.

"올 블랙은 좀 그래. 위에는 환한 거 입어."

"그런가?"

"응. 난 네가 이거 입어 봤으면 좋겠어."

이인형은 내가 내민 옷을 받아 들었다.

"네가 그렇다고 하면 입어 볼게."

순간 나는 들고 있던 셀카봉을 떨어뜨릴 뻔했다. 이인형의 목소리가 너무 다정했던 탓이다. 어색하기는 무슨. 천년 동안 커플로 그만 찍어 온 요괴도 그렇게까지 다정한 목소리는 못 낼 거다. 그게 진짜 나를 향한 다정함이 아니라는 걸 알면서도 괜히 귓가가 붉게 달아올랐다.

'왜 이렇게 두근거려. 이게 미남 파워인가.'

지금 카메라에 찍히면 얼굴이 붉어진 게 들킬까 봐 괜히 가게 안을 한 바퀴 빙 돌려 찍었다.

[커플 V-log] 인티즈 고딩 커플. 남친 옷 골라 주기

(화면에 빈티지 옷가게가 보인다. 화면이 움직이고, 탈의실을 비춘다. 탈의실에서 인형이 나온다. 흰 티셔츠를 입은 인형에게 주인 언니가 다가간다.)

주인 언니 : 세상에, 진짜 잘 어울린다.

(인형은 주인 언니의 호들갑에도 아무런 반응이 없다. 내 쪽을 바라보는 인형. 카메라D[내가 멋있다는 뜻으로 내민 엄지가 잡힌다]. 무표정하던 인형이 내 반응에 살며시 웃는다.)

인형 : 그럼 이거 살게.

ㄴ뭐야. 인형 웃는 거 미쳤다. 내 여자한테만 상냥한 거야?

ㄴ모티즈 진짜 못생김.

　→ 귀여운데? 보기 싫음 들어오지 말던가.

　→ 저렇게 잘생긴 애가 좋아하는 데는 다 이유가 있는 거임.

ㄴ모티즈 쪼끄만데 이리저리 뛰어다니는 거 진짜 말티스
　같음.

ㄴ진심 둘이 얼굴 언밸런스. 패치 좀 해라.

　→ 님 인성이나 패치하셈.

　→ 밸런스 완전 좋은데? 모티즈 성격이 좋으니까 까칠한
　애랑 잘 사귀는 거지.

ㄴ둘이 케미 완전 좋음. 푼수까칠 커플!

ㄴ모티즈 외모 씹는 애들은 자격지심 있는 듯.

어릴 적 읽었던 동화 중에 《피리 부는 사나이》라는 책이 있다. 한 마을에 쥐가 너무 많아져서, 피리 부는 남자에게 쥐를 없애 달라는 부탁을 한다. 남자가 피리를 불자 쥐 한 마리가 남자의 뒤를 따라가고, 그 뒤를 또 한 마리의 쥐가 따라가고, 그 뒤에 줄줄이 쥐들이 따라붙었고, 그렇게 마을의 쥐가 모두 피리 부는 남자를 따라갔다는 이야기다. 그 수많은 쥐가, 모두 피리 부는 남자의 연주가 좋아서 따라갔을까. 그중에는 그냥 다른 쥐들이 가니까 따라간 쥐들이 더 많지 않았을까 싶다.

댓글이라는 건 그 쥐들 같다. 이인형과 같이 옷 쇼핑을 했던 브이로그를 기점으로 '인티즈' 채널에 달리는 댓글의 방향이 조금 바뀌었다. 내 외모를 욕하는 댓글이 눈에 띄게 줄어들었고, 귀엽다거나 응원한다는 긍정적인 댓글이 많아졌다. 사람들은 우리를 '푼수까칠 커플'이라고 부르기 시작했다.

❖

쉬는 시간, 나는 공책을 펼쳐 놓고 대본을 쓰고 있었다. 토요일 저녁까지 이인형에게 대본을 보내려면 평일에 조금씩 써 놓아야 했다. 학교에 있는 동안은 휴대폰을 쓸 수 없고, 쉬는 시간에 노트북으로 글을 쓰는 건 너무 눈에 띌 것 같아서 어쩔 수 없이 공책을 선택했다. 손으로 글을 쓰는 건 질색이었는데, 쓰다 보니 조금씩 익숙해졌다. 지금이라면 다이어리를 쓸 수도 있을 것 같다. 다이어리 꾸미기는 여전히 자신 없지만 말이다.

"모난이, 이거 진짜 너야?"

한참 집중하고 있는데 권민영이 내 눈앞에 휴대폰을 들이밀었다. 권민영의 휴대폰 액정에는 '인티즈' 채널이 떠 있었다. 구독자가 늘어나면서 언젠가 우리 반 애들 중 누군가는 알게 될 거란 각오는 했다. 하지만 하필 권민영이라니. 하긴, 우리 반에서 권민영보다 브이로그를 많이 보는 애가 있을까 싶다.

"응. 나 맞아."

섬네일에 박혀 있는 얼굴이 너무나도 내 얼굴이라, 아니라고 잡아뗄 수도 없었다. 권민영은 높은 목소리로 진짜? 라고 외쳤다.

"뭔데? 무슨 일인데?"

권민영은 내가 브이로거라는 사실을 온 천하에 퍼뜨리기로 작정한 듯했다. 평소에는 온갖 생색을 낸 뒤에야 다른 사람에게 휴대폰을 주더니, 이번에는 망설이지 않고 휴대폰을 다른 애들 손에 넘겼다. 휴대폰은 빠르게 옆에서 또 옆으로 전달되었고, 휴대폰을 받아 든 애들은 하나같이 나와 휴대폰을 번갈아 바라보다가 '어머'라거나 '미친' 같은 감탄사를 내뱉었다. 그러고는 다시 나를 봤다. 다들 같은 걸 물어보고 싶은 눈치였다.

"어떻게 사귄 거야, 이렇게 잘생긴 애랑?"

권민영은 눈치 따위 보지 않았다. 말 뒤에 '너 따위가'라는 한마디가 생략되어 있는 듯 들리는 건 왜일까. 권민영의 질문을 시작으로 청문회가 열렸다. 나는 순식간에 애들에게 둘러싸였다. 언제 만났어? 어디서 만났어? 누가 먼저 고백했어? 애 진짜 이름이 뭐야? 어느 학교 다녀? 몇 살이야? 언니 아는 애야. 고백은…. 그냥 자연스럽게 사귀게 된 거라서. 글쎄. 잘 모르겠어. 아마도? 음. 모르겠어. 질문이 쌓일수록 나는 점점 앵무새처럼 모르겠다는 대답만 반복해야 했다.

"뭐야, 너 진짜 얘랑 사귀는 거 맞아? 남자친구인데 모르는 게 뭐 그렇게 많아?"

권민영의 말이 비수처럼 가슴에 와 박혔다. 그 말대로다. 나는 이인형에 대해 모르는 게 정말 많다.

"사귄 지 한 달 정도밖에 안 되었으니까 그렇지. 다 알아야만 사귀니?"

하지만 권민영에게 질 수는 없었다. 내가 맞받아치자 권민영의 눈가가 가늘어졌다. 선생님이 말대꾸하는 학생을 팔짱 끼고 서서 바라볼 때와 비슷한 표정이었다. 내가 권민영의 말에 맞장구를 치지 않고 반대 의견을 말한 건 이번이 처음이었다.

"모난이, 너…."

권민영이 내 이름을 불렀을 때였다.

"난 이 말이 맞아. 사귀면서 알아 가는 거지."

"난 이 얼굴이면 사이코패스여도 용서할 수 있어."

내 주변에 서 있던 애들의 들뜬 목소리가 권민영의 말꼬리를 잘 랐다. 아이들은 앞다투어 내게 다음엔 사진 좀 찍어 오라는 등 말을 걸었다. 늘 권민영이 서 있던 그룹의 중심이 한순간에 내 것이 되었다.

"이대로 가면 곧 구독자 만 명 찍는 거 아냐?"

"그럼 난이도 완전 유명인이네. 막 협찬 들어오고 그러는 거 아냐?"

"몽몽처럼? 완전 멋있다."

'몽몽'이란 말에 한 걸음 뒤로 물러서 있던 권민영이 애들을 밀 치고 앞으로 나섰다.

"몽몽? 어디 몽몽을 모난이한테 비교하니? 말이 되는 소리를 해 야지. 몽몽 레벨의 브이로거가 아무나 되는 줄 알아? 난이는 얼굴이 안 되잖아. 몽몽의 뒤를 이을 고등학생 브이로거가 되려면 몽 몽하고 그림체는 비슷해야지."

바로 나처럼. 권민영이 하고 싶은 말은 아마도 그거였을 거다. 하지만 이번에는 아이들의 반응이 평소와는 약간 달랐다. 아이들 은 서로의 얼굴을 바라보더니 슬그머니 권민영에게서 시선을 돌 렸다. 그러고는 다시 내게 질문을 퍼부었다. 쏟아지는 관심 섞인 말들이 듣기 좋은 음악 같았다. 피리 부는 사나이의 피리 소리처럼. 권민영이 붉어진 얼굴로 원의 가장자리에 서서 입술을 달싹이는 것을, 나는 분명히 봤다. 너 같은 게 감히. 권민영은 아마도 그렇게 말했던 것 같다. 무시했다. 그 순간, 온전히 피리 소리에 취하고 싶었다.

그런데 피리 소리를 듣고 쫓아간 쥐는 어떻게 되었더라. 동화의 결말은 대부분 '행복하게 잘 살았습니다'로 끝난다. 그러니까《피리 부는 사나이》도 그렇게 끝났을 거다.

그랬을 거다. 아마도.

• 메일 1. 커플 폰케이스 아이템 광고에 흥미 있으세요?

이 메일을 받은 당신은 유망한 크리에이터! 우리 회사는 커플을 위한 다양하고 기발한 아이템을 제작하고 있습니다. 홍보를 제안하는 건 이번에 나온 신상 폰케이스로, 서로의 사진을 특수 프린팅 기법으로 케이스에 입혀 언제나 함께 있는 것처럼 느낄 수 있게 해 줍니다. 광고 방식은 단순합니다. 사진을 보내 주시면 케이스를 공짜로 보내 드립니다. 케이스 장착 후, 카메라에 상품이 잘 보이게 노출한 후 한두 마디로 언급해 주시면 됩니다. 영상 링크 보내 주시면 광고비 입금. 광고비 10만 원 지급! 궁금한 사항이 있으시면 메일 주세요. 광고 신청은 클릭!

• 메일 2. '인티즈' 채널에 협찬 제안드립니다.

안녕하세요!

십 대 뷰티 브랜드 '우리별이' 담당자입니다. 이번에 출시된 남녀 공용 잡티 커버 팩트 '투게더 팩트' 홍보 영상을 제안하고자 연락드렸습니다. 영상 콘셉트는 지금까지 올린 브이로그처럼, 자연스러운 커플로그에서 서로 '투게더 팩트'를 발라주는 장면을 넣는 것으로 기획하고 있습니다. 참여가 가능하시면 희망 비용과 연락처를 메일로 전달해 주세요.

삭제. 삭제. 삭제.

채널과 연결해 놓은 메일은 나와 이인형이 비번을 공유하지만, 관리는 대개 나 혼자 하고 있다. 이인형은 편집 관련 일을 할 때 빼고는 인터넷도 잘 하지 않는다고 했다. 관리라곤 해도 광고 제안 메일을 살펴보고, 스팸 메일을 삭제하는 정도다.

구독자 수가 오천 명에 가까워지자 광고와 협찬을 제안하는 메일이 제법 오기 시작했다. 유명인이 된 것 같아서 설렜던 것도 잠시였다. 가짜 커플이라는 걸 밝히고 채널을 폭파할 테니 광고나 협찬은 받지 말자는 게 나와 이인형이 처음에 정한 규칙이었다. 그러니 아무리 제안이 많이 와도 그림의 떡이었다.

'협찬 같은 거 받으면 어떤 기분일지 궁금하긴 한데….'

미련이 남아서 몇몇 제품의 링크를 클릭해 봤다. 그런데 상품 리뷰란에 쓰인 글들이 심상치 않았다. '좋아하는 브이로거가 쓰기에 사용해 봤는데 진짜 구리다.' '케이스에 인쇄된 사진이 하루 만에 벗겨졌어요.' '팩트 바르고 뺨에 뾰루지가 엄청나게 났어요.' '이거 쓴 브이로거는 피부 진짜 좋던데, 나는 안 맞나? 피부 엄청 안 좋아짐.' '초등학생이라 용돈 모아 샀는데 속상해요.' 제안이 온 상품 열 개 중 여덟 개 정도가, 리뷰란에 불만만 가득했다. 대부분이 브이로거가 쓰는 걸 보고 샀더니 엉망이다, 하는 내용이었다. 그중에는 '이거 뒷광고 아냐?'라는 댓글이 가장 많았다.

'뒷광고가 뭐지?'

구글에 '뒷광고'를 검색해 보려는데, 방문 밖에서 언니가 나를 불렀다.

"모난이, 치킨 왔어!"

잽싸게 뛰어나갔다. 토요일 낮의 치킨을 이길 수 있는 건 아무것도 없는 법이다. 식탁 한가운데 치킨을 놓고 먹다가, 언니에게 넌지시 물었다.

"언니, 뒷광고가 뭔지 알아?"

언니는 나와 이인형이 가짜로 사귀는 척한다는 걸 모른다. 자기가 소개해 줘서 사귀게 되었고, 내친김에 커플 브이로그 채널을 열었다고 알고 있다. 그래서 언니에게 브이로그 이야기를 하는 게 꺼려졌지만, 역시 이런 걸 물어보기에는 언니만큼 좋은 상대가 없다.

"원래 광고나 협찬으로 받은 제품은 그 사실을 밝히게 되어 있어. 먹방 같은 거 잘 보면, 화면에 '협찬 상품'이라는 표시 있을 때가 있잖아. 뒷광고는 그런 표시를 하지 않는 거지."

"왜? 그냥 밝히면 안 돼?"

"연예인이 착용한 상품이 잘 팔리는 것과 같은 이유지. 광고는 광고니까, 진짜 그 연예인이 좋아해서 입는 건가 싶잖아. 하지만 내가 좋아하는 연예인이 광고도 아닌데 일주일에 두세 번 입는 옷이 있다? 이러면 평소에도 즐겨 입겠구나 싶어 따라서 사게 되는 거지. 노골적인 광고보다 이쪽이 더 판매 효과가 높다는 분석도 있어. 그래서 몇몇 브랜드는 연예인을 광고 모델로 채용할 때 자기 회사 제품을 일정 기간 이상 착용해야 한다는 조건을 걸기도 해."

"브이로거는 연예인이 아니잖아."

"가공된 이미지를 현실로 착각하게 만든다는 점에서는 같아. 내가 매일 챙겨 보는 영상 속의 사람이 사용하는 제품은 어쩐지 좋을 것 같다는 믿음을 준다고. 그걸 쓰면 내가 좋아하는 브이로거와 좀 더 친해진 것 같은 착각도 들고. 그런데 왜? 너 설마… 뒷광고 받았어?"

"아니야! 안 받았어. 메일이 와서, 상품 페이지에 들어가 봤는데 리뷰란에 그런 말이 있더라고."

내가 휴대폰으로 메일을 보여 주자 언니는 끌끌 혀를 찼다.

"봐. 메일에 '광고, 협찬이란 문구 표시 부탁합니다'라는 말이 없지? '자연스럽게 로그를 찍을 때 써 주세요'라는 말만 있고. 이게 바로 뒷광고야. 아무리 바이럴 마케팅이 유행이라고 해도, 제대로 된 제품이면 십 대에게 뒷광고를 부탁하지는 않지. 봐봐. 이거는 한 스무 명한테 단체 메일 발송한 거네. 하나만 걸려라, 이거지. 이렇게 뒷광고를 한 제품에는 문제가 있는 경우가 많거든. 그런데 그걸 회사가 책임을 안 지는 거지. 그러다 보니 욕은 광고를 한 어린 브이로거들이 다 듣고. 완벽한 책임 전가야."

언니는 내게 절대 뒷광고를 받지 말라고 신신당부했다.

"곧 크게 문제가 터질 거라는 소문이 있어."

문제가 터지다니, 그건 대체 뭘까. 치킨을 다 먹고, 다시 방에 돌아와 메일함을 살펴보는 동안 언니가 한 말이 귓가를 맴돌았다.

• 메일 3. '인티즈' 커플의 정체를 알고 있다.

이 메일을 무시하지 말기 바랍니다. 내가 어떤 사람인지 알고 싶으면 내 채널 '이슈메이커'를 참고하세요. 나는 '인티즈' 채널에 등장하는 '인형'에 대한 정보를 가지고 있습니다. 그의 과거 사진과 동영상을 입수했습니다. 채널에서 인형은 '쿨하고 까칠하지만 여친에게는 다정한 훈남' 콘셉트로 인기를 얻고 있더군요. 하지만 내가 가진 자료가 공개되면, 사람들은 더 이상 인형을 좋아하지 않을 겁니다.

사실을 폭로하지 않는 대가로 내게 백만 원을 송금하기 바랍니다.

'웅? 이게 뭐지?'

열심히 삭제 버튼을 누르는데 이상한 제목의 메일이 눈에 들어왔다. 클릭해 보았다. 폭로라니. 메일에 쓰인 단어가 낯설었다.

'신종 스팸인가?'

무작위로 한 백 명에게 '나는 네가 예전에 한 일을 알고 있다'고 메일을 보내서 돈을 요구하면, 한 명쯤은 걸리는 사람이 있을 거다. 그런 게 사기꾼의 수법이니까. 나는 '휴지통으로 보내기' 버튼을 눌렀다. 다시 메일 정리를 하려는데, 휴대폰이 울렸다. 이인형이었다. 이인형이 먼저 전화를 걸어 오다니 웬일인가 싶었다.

만난 지 2주 정도밖에 되지 않았지만, 나는 이인형에 대해 많은 것을 알게 되었다. 적어도 이인형이 내게 줬던 종이에 적힌 것보다는 말이다. 이인형은 전화를 거는 것도, 받는 것도 썩 좋아하지 않았다. 상대방의 표정이 보이지 않아서 불안하다고 했다. 인터넷만 잘 하지 않는 게 아니라 텔레비전도 거의 보지 않는다고 했다. 그래서인지 요즘 유행하는 예능이나 유행어를 잘 알지 못했다. 말하는 것만큼이나 걷는 것도 느린 편이었고, 먹는 것도 느렸다. 단것을 좋아했고 커피는 써서 마시지 못했다. 사람이 많은 곳을 그다지 좋아하지 않았고, 액션 영화를 싫어했다. 나와 이야기를 할때면 종종 입을 벌리고 멍한 표정을 지었다. 촬영이 시작되면 긴장한 탓인지 그 표정이 브이로그에 찍힌 적은 한 번도 없었다. 나는 이인형의 그 표정에 어떤 의미가 있는 걸까, 조금 궁금했다.

"이인형, 무슨 일이야? 전화를 다 하고?"

"대본 보고 상의할 게 있어서. 내가 타자가 느리니까 전화가 더 편할 것 같아서…. 통화 괜찮아?

"응. 너야말로 괜찮아? 전화하는 거 불안해서 싫다며."

"난이 너는 괜찮아. 불안하지 않아."

난이. 이인형은 두 번째 만남부터 나를 이름으로 불렀다. 그러면 이상하게도 아이스크림을 깨물었을 때처럼 머리 한쪽에서 '아삭' 하는 소리가 울리는 것만 같았다.

"무슨 일인데?"

"교복 입고 찍는 거 있잖아. 난이야, 이거 꼭 찍어야 돼?"

"평일에 학교 끝나자마자 만나는 것 같은 로그도 필요할 것 같 아서. 마음에 안 들어?"

"나 학교 밖에서 교복 입는 건 좀…. 교복이…."

이인형이 S예고를 다닌다고 했던 언니의 말이 기억났다. S예고 의 교복은 색깔이 특이하기로 유명하다. 좋게 말하면 예술적이고, 솔직하게 말하면 촌스러운 형광연두 벌레 색이다. 그 교복이면 학 교 밖에서 입기 싫은 것도 이해가 됐다.

"그래. 그럼 나만 입고 오는 걸로 할게."

"고마워, 난이야."

이인형의 목소리는 통화를 마치는 순간까지도 다정했다.

'사귀는 것도 아닌데, 이렇게까지 다정하게 말하는 건 반칙 아

닌가?'

　나도 댓글에 휩쓸린 모양이다. 이인형의 목소리를 들었을 뿐인데 설레는 이유는 그것뿐이라고 믿고 싶다. 휩쓸려서. 내가 진짜 이인형을 좋아하게 된 건 절대 아니다. 아니어야 한다. 왜냐고? 그야 이인형이 나를 좋아할 리 없으니까. 거기까지 생각이 미치자 이상하게 몸에서 힘이 쭉 빠졌다. 나는 그대로 침대에 드러누워 한참 동안 웹툰을 봤다. 하지만 아무리 재미있는 웹툰을 읽어도 기분이 영 나아지지 않았다.

　'대본도 마저 써야 하는데. 안 되겠다. 강제로라도 정신을 차려야지.'

　그다지 내키지는 않지만, 정신이 번쩍 들게 할 방법이라면 있다. 바로 안성한의 채널에 접속하는 것. 적의 기세등등한 모습을 보면, 자연스럽게 전투력이 생기게 마련이다. 복수는 나의 힘. 나는 안성한의 채널에 접속했다. 안성한의 구독자는 그사이에 만 명이 넘어가 있었다. 생각보다는 증가 속도가 느렸다. 몽몽의 구독자가 십만 명이니까 적어도 그 절반은 옮겨 왔을 줄 알았다. 나는 가장 최근에 올라온 브이로그를 클릭했다. 그곳에는 날 선 댓글들이 달려 있었다. '온리몽. 음성 안 들렸을 때 입 모양, 욕한 거 아냐?' '너 몽몽이 속이고 있지?' 등등 대부분이 안성한을 의심하는 내용이었다. 아무래도 안성한의 브이로거 인생은 그다지 순탄하지 않게 굴러가고 있는 모양이었다.

통쾌했다. 통쾌하긴 한데 신경이 쓰이지는 않았다. 예전 같으면 안성한이 몽몽에게 뭘 어떻게 했기에 이런 댓글이 달렸는지 인터넷에 온갖 검색어를 치며 알아보려 했을 거다. 하지만 그러고 싶지 않았다.

"얘가 뭘 하든 말든 내가 무슨 상관이야."

무심코 튀어나온 혼잣말에 흠칫 놀랐다.

'상관없다니? 복수는?'

이렇게나 빨리 분노가 누그러질 줄은 몰랐다. 나는 다시 브이로그 속 안성한을 지그시 노려보았다. 역시나 그렇게까지 화가 나지 않았다. 그저 한심해 보일 뿐이었다. 나는 동영상 사이트를 나왔다. 이인형과 가짜 커플 브이로그를 찍는 이유. 그건 복수를 위해서였다. 그 이유가 사라졌음을 지금 막 확인한 것이다.

'그럼… 가짜 커플 브이로그를 그만 찍자고 말해야 하는 걸까?'

그게 좋을 것이다. 이인형에게 가짜 커플 브이로그를 그만 찍자고 하고, 채널에 구독자가 더 늘기 전에 말없이 폭파하는 것이다. 그러면 아무 일도 일어나지 않는다. 나와 이인형이 가짜 커플이라는 걸 밝힐 필요도 없고, 그로 인해 욕을 먹을 일도 없다. 이인형은 자신이 원하는 자료를 충분히 얻지 못한 걸 아쉬워할 수는 있지만, 내가 그만두자고 말하면 그러자고 할 것 같다. 애초에 내가 밀어붙여서 시작하게 된 채널이고, 이인형은 지금도 브이로그 찍는 걸 어색해한다.

'이번 주 일요일에 만나서 그만두자고 말을 하자. 그러면….'

그러면 평온한 일상이 다시 찾아올 것이다. 더 이상 매일 대본을 쓰느라 끙끙대지 않아도 되고, 일요일에 가지고 나갈 옷을 고민하느라 토요일 밤 내내 패션쇼를 벌이지 않아도 된다. 그리고… 그리고 일요일에 이인형을 만날 일도 사라진다.

4

　일요일 오전, 굳게 마음을 먹고 집을 나섰다.

　'말하자. 말할 거야. 말해야 돼.'

　이인형을 만나면 '인티즈' 채널을 그만두자고, 가짜 커플 브이로그를 더 이상 찍을 필요가 없다고 말할 작정이었다. 그리고 이거 끝나도 연락하고 지내지 않겠니, 라고 물어볼 생각이었다.

　'설마 싫다고 하지는 않겠지?'

　긴장과 불안을 끌어안고 약속 장소인 카페로 향했다. 근처에 도착한 내 눈에, 이인형이 대여섯 명의 사람들에게 둘러쌓인 채 서 있는 것이 보였다.

　'무슨 일이지?'

　나는 빠른 걸음으로 이인형에게 다가갔다.

　"실제로 보니까 더 잘생겼네."

"그러게. 인형이 너 진짜 연습생 같은 거 아냐? 야, 일단 인증샷 한 장 같이 찍자."

"말 좀 해. 얘, 영상에서 말 별로 없던 거 콘셉트 아니었나 봐."

사람들은 저마다 손에 휴대폰을 들고 이인형을 찍고 있었고, 이인형은 사람들에게 몰리기라도 한 듯 카페의 유리벽에 기대어 선채 고개를 푹 숙이고 있었다. 남자 한 명이 이인형의 옆으로 가 어깨를 끌어안으며, 휴대폰을 든 손을 얼굴 앞쪽으로 쭉 뻗었다.

"잠깐만요. 뭐 하시는 거예요!"

나는 사람들 틈을 비집고 들어가, 이인형과 함께 셀카를 찍으려는 남자의 팔을 붙잡았다. 이인형을 둘러싸고 있던 사람들은 같은 디자인의 과 점퍼를 입고 있는 걸 봐선, 다 같은 학교의 대학생들 같았다.

"뭐야, 갑자기."

내게 팔을 잡힌 남자가 짜증을 냈다.

"다른 사람 사진 찍으려면 먼저 허락을 받아야죠."

"어, 너 모티즈지? 야, 애는 실물이 더 별로다."

남자는 내 말은 들은 척 만 척, 자신의 일행을 향해 낄낄 웃었다. 모여 서 있던 다른 사람들의 휴대폰이 이번에는 내 쪽으로 향했다.

"왜, 귀여운데."

"얘네들 겁먹은 거 아냐? 얘들아, 우리 다 너희 채널 구독자야. 무서워하지 않아도 돼."

사람들은 점점 나와 이인형을 향해 가까이 다가왔다. 사람들의 손에 들린 것이 휴대폰이 아니라 총이라도 되는 것처럼 느껴졌다. 휴대폰이 총이라면 '우린 너희 채널 구독자야'라는 말은 마취약이 발린 총알이었다. 그 한마디에, 내가 그 사람들에게 화를 내는 것이 해서는 안 될 일인 것처럼 느껴졌다. 나는 사람들에게 떠밀려 뒷걸음질 쳤다. 계속 뒷걸음질 치다가 유리벽에 기대어 서 있던 이인형의 운동화 끝과 내 신발 뒤꿈치가 툭 부딪쳤다. 뒤돌아본 이인형의 얼굴이 새하얗게 질려 있었다.

"너 괜찮아?"

중학교 때는 CCTV에 찍히는 것도 무서워서 모자를 쓰지 않으면 밖에 나가지 못했던 이인형이다. 다른 사람이 자신을 마구 찍는 게 괜찮을 리가 없었다. 이인형은 입을 손으로 막은 채 "토할 것 같아"라고 중얼거렸다. 그 말에 마취에서 깬 듯 정신이 들었다.

"그만하세요! 저희 찍어도 좋다고 한 적 없잖아요."

나는 한 발 앞으로 나서며 외쳤다.

"뭐야. 허락은 무슨…. 지가 진짜 연예인인 줄 아나."

인형의 옆쪽에 서서 셀카를 찍고 있던 남자가 빈정거렸다. 다른 사람들도 휴대폰을 내리지 않았다.

"야, 방금 얘가 한 말 동영상 찍었어? 그거 올리자. 싸가지 커플! 좋아요 엄청 받겠다."

"찍었어. 애네 귀여운 줄 알았는데 진짜 별로네."

"내 말이. 애초에 얼굴 팔릴 각오하고 브이로그 찍은 거 아냐?"

사람들은 저마다 한마디씩 했다. 나는 휴대폰을 꺼내서 그 사람들이 하는 것처럼 똑같이 그들에게로 카메라를 향하게 했다.

"찍어서 올려 보세요. 그럼 나도 올릴 거예요. 누가 잘못한 건지 대중 픽 한번 받아 보죠."

내 말에 두세 명이 슬그머니 들고 있던 휴대폰을 주머니에 넣었다. 하지만 나와 이인형의 주변을 포위하듯 둘러싼 자리에서는 물러서지 않았다. 1 대 6의 눈싸움이 계속되고 있던 때였다.

"거기요, 잠깐 봤는데 여러 명이 뭐 하시는 겁니까? 딱 봐도 저쪽은 애들인데."

카페 문을 열고 들어가려던 남자 한 명이 내 쪽으로 몸을 틀더니 한마디를 던졌다. 남자는 쫙 붙은 검은색 쫄티를 입고 있었는데, 그 위로 우락부락한 근육이 선명히 드러났다. 내 주변을 둘러싸고 있던 일행은 순식간에 조용해졌다. 그들은 서로 눈빛을 교환하더니 포위망을 풀고 몸을 돌려 축지법이라도 쓰는 듯 빠르게 사라졌다. 나는 얼빠진 사람처럼 그 모습을 바라보며 서 있었다.

"학생들, 괜찮아요?"

카페 입구에 서 있던 남자가 다시 말을 걸었다. 나는 그제야 남자 쪽을 향해 꾸벅 고개를 숙였다. 남자는 한 손을 들어 보이고는 카페 안으로 들어갔다. 이인형은 유리벽에 기댄 채 쭈그리고 앉아 있었다. 나도 그 앞에 마주 보고 앉았다.

"어이없네. 자기보다 세 보이는 사람이 한마디 하니까 도망치는 거."

내가 얼이 빠졌던 이유였다. 그들이 도망친 이유가 너무나 비겁했다. 결국 그 사람들은 나와 이인형이 자기들보다 어리고 만만해 보이니까 함부로 대한 것뿐이다.

"…미안해."

아무 대답이 없던 이인형은 한참 후에야 그렇게 말했다.

"네가 뭐가 미안해. 저 사람들이 못됐지."

"난 이 너 혼자서 애쓰느라 무서웠지. 내가 아무 도움도 못 돼서 그게 미안해."

"아냐. 무섭지는 않았어. 화가 났지."

무서웠다면 앞으로 나서지도, 그들을 상대로 휴대폰을 꺼내지도 못했을 거다. 나는 화가 났다. 그 사람들의 행동과 말이 전부 다 화가 났다. 나와 이인형이 브이로그를 찍어서 올렸으니까 당연히 멋대로 찍어도 된다니. 자기들이 '구독자'니까 온갖 억지를 다 부려도 된다니. 그거야말로 억지다. 연예인이니까 스토킹을 당해도 된다거나, 사생활을 마구 찍혀도 되는 게 아니지 않나. 하긴, 저런 사람들은 '연예인은 당연히 그런 일을 겪어도 되지'라고 말할 것 같긴 하다. 곰곰이 생각에 빠져 있는데, 이인형의 시선이 뺨에 와 닿는 것이 느껴졌다. 이인형은 살짝 입을 벌린 채 나를 보다가 나와 눈이 마주치자 작게 웃었다.

"왜 별명이 모티즈인지 알 것 같아."

"말티즈도 모티즈도 참지 않는다니까."

나는 너스레를 떨었다. 중학교에 막 입학했을 때, 1학년은 흰 양말만 신어야 한다고 군기를 잡는 선배에게 대들었을 때나 여자애들 가슴에 물총을 쏘는 교사에게 성희롱으로 신고할 거라고 쏘아붙였을 때 친구들은 말했다. "모티즈는 참지 않는다니까." 고등학생이 된 후로 그 별명은 내게 어울리지 않는다고 생각했다. 주변이 변해서 내 성격도 변해 버린 것 같다고. 그랬는데 이인형과 함께 있으면 원래의 나로 돌아가게 된다. 왜일까 싶으면서도 기뻤다.

"인형이 너, 속은 괜찮아?"

"응. 예전에는 자주 이랬어. 편의점에서 CCTV가 있는 걸 보거나 식당에서 다른 사람이 찍는 셀카 사진에 내가 찍힌 것 같을 때, 갑자기 확 어지러워지면서 토하고 싶어지는 거야. 요즘은 이런 적 없어서 괜찮아진 줄 알았는데."

"진짜 카메라를 싫어하는구나…. 저기, 그러면."

자연스럽게 커플 브이로그를 그만두자고 말할 타이밍이었다. 나는 다시 한 번 굳게 마음을 먹고, 몇 번이고 연습했던 말을 입 밖으로 밀어냈다.

"우리 커플 브이로그 찍는 거 그만둘까? 나, 예전만큼 전 남친한테 복수하고 싶지 않아. 그리고 우리 브이로그 계속하면 알아보는 사람 더 많아질 거 아냐. 그럼 이런 일이 또 일어날지도 몰라."

"싫어."

이인형은 단번에 고개를 가로저었다. 생각하지 못했던 반응이었다.

"싫다고?"

"응. 그만두기 싫어. 나 진짜 괜찮아. 앞으로 더 괜찮아질 거야."

이인형의 대답은 단호했다. 너무 단호해서 더 이상 물어볼 수가 없었다.

'얘, 내가 생각하는 것보다 다큐 자료 모으는 데 진심인가 봐.'

이인형은 일어나서 내게 손을 내밀었다.

"카페 안으로 들어가자. 우리 오늘 찍을 거 많잖아."

"…그래."

나는 이인형이 내민 손을 잡고 몸을 일으켰다. 이대로 가짜 커플 로그를 계속하게 되는 건가 싶었다. 언젠가 가짜 커플이라는 걸 밝히면 몰려올 쓰나미가 두려웠다. 하지만 동시에 안도감도 들었다.

이대로 이인형과 계속 커플로 있을 수 있다는 안도감이었다.

[커플 V- log] 인티즈 고딩 커플. 버블티 냠냠!

(버블티를 든 내 손이 클로즈업되어 보인다. 화면 밖에서 인형의 목소

리. 그거 뭐야? 말할 때 화면이 약간 내 쪽으로 움직여서, 카메라를 든 사람이 인형임을 알 수 있다.)

모난이 : 이거? 버블티. 뭐야, 처음 보는 것처럼.

이인형 : 처음 봐.

모난이 : 전문점 엄청 생겼잖아. 호랑이 버블티 같은 곳. 너 단거 좋아하잖아. 안 가 봤어?

이인형 : 그런 데 다 사람 많잖아. 혼자 들어가기 뻘쭘하더라. 주문도 복잡한 것 같고.

모난이 : 이상한 데서 겁을 먹네. 마셔 봐. 맛있으면 이따가 같이 가자.

(마시고 있던 버블티를 인형에게 건네주는 나. 카메라 앵글이 낮아지고, 버블티를 받아 드는 인형의 손이 잡힌다. 인형이 버블티를 받아 들고 살피는 동안, 나는 탁자에 놓인 휴대폰을 살짝 돌린다. 나만 잡히던 화면에, 나와 인형 둘이 동시에 잡힌다. 나는 휴대폰 액정에 대고 검지를 입술에 대어 보인다.)

이인형 : 어, 맛있다. 이거.

모난이 : 그치? 이따가 갈래? 내가 주문하는 것도 가르쳐 줄게.

    ㄴ 봤어? 인형이 표정 잠깐 나온 거. 티즈 진짜 좋아하는 게 확 보인다.

→ 봤음. 내가 더 설렌다! 완전 러브러브.

→ 츤츤이다, 진짜. 저거 찍히는 줄 몰라서 자연스럽게 나온 듯.

→ 진짜 이 커플 너무 좋아.

찍혔다. 저 표정.

나는 올라온 브이로그 속 인형의 표정을 봤다. 내게 버블티를 돌려주는 인형의 입이 살짝 벌어져 있었다.

원래는 인형만 나를 찍고, 인형은 카메라에 찍히지 않기로 되어 있던 장면이었다. 하지만 나는 꼭 한 번은 인형의 그 표정을 카메라에 담고 싶었다. 나를 볼 때면 짓는, 살짝 입을 벌린 표정 말이다. 인형이 자기가 찍히고 있다는 걸 인식하지 못하면 좀 더 자연스러운 표정이 나오지 않을까 싶어서 중간에 살짝 카메라 방향을 돌렸다. 그렇게 해서 인형이 화면에 찍힌 건 아주 잠깐이었다. 하지만 댓글창의 절반이 인형의 표정에 대한 것이었다.

'봐. 네가 나빠, 이인형. 네가 너무 연기를 잘해서 문제야.'

나는 '멈춤' 버튼을 누르고 화면 속 인형의 얼굴을 흘겨보았다.

"진짜 좋아하는 티가 나기는. 속고 있다고요, 여러분. 우린 가짜란 말이지요. 가짜 커플."

인정해야 했다. 나는 이제 안성한에 대한 복수는 어찌 되든 상관 없다. 안성한은 여전히 싫다. 하지만 그뿐이다. 바퀴벌레가 싫고, 당근이 먹기 싫은 것과 비슷한 정도의 감정밖에는 남지 않았다. 안성한이 던진, 미움이 덕지덕지 묻어 있던 마음이 고작 한 달도 되지 않아 씻겨 나간 이유는 딱 하나다.

이인형을 좋아하게 되었으니까.

'그럼 뭐 해. 얘는 날 좋아하지 않는데.'

좋아하지도 않는 사람을 보면서 왜 이런 표정을 짓는 거니, 너는. 나는 애꿎은 화면 속 이인형에게 신경질을 냈다. 커플 브이로 그를 찍는 동안은 이인형과 계속 커플로 있을 수 있다. 그 말은 곧, 가짜 커플로 있는 동안은 진짜 커플이 될 수 없다는 뜻이기도 하다. 이렇게 될 줄 알았다면 가짜 커플 브이로그 따위 시작하지 않았을 거다.

신경질적으로 '인티즈' 채널을 나왔다. 머리를 비우고 싶었다. 이럴 때는 메일함 정리가 최고다. 아무 생각 없이 '삭제' 버튼만 누르면 되니까. 나는 '인티즈' 채널과 연결된 메일을 열어, 언제나 처럼 광고 제안 메일을 정리하기 시작했다. 삭제. 삭제. 삭제. 그러 던 중 메일 한 통이 눈에 들어왔다. 발신자 '이슈메이커.' 이전에 도 얼핏 봤던 이름이었다. 사흘 전에 스팸 메일이라고 생각해서 삭제했던 메일이었다. 이번에 쉽게 삭제 버튼을 누를 수 없었던 건 메일의 제목 때문이었다. '이인형의 과거를 폭로당하고 싶습니까?' 인형은 채널에서 이름을 그대로 사용하고 있었지만, 성까지 밝힌 적은 없었다. 나는 메일을 열었다.

• 메일 1. 이인형의 과거를 폭로당하고 싶습니까?
'이슈메이커' 채널을 방문하지 않은 것 같습니다. 내가 어떤 사람인지 안다면, 내가 보낸 메일을 무시하지는 않을 테니까요.

딱 한 번만 더 기회를 주겠습니다. 당신이 내 말을 신뢰할 수 있게 자료를 좀 보내 드리죠. 첨부한 파일은 내가 가진 자료 중 일부일 뿐입니다. 계속 인기를 누리고 싶다면 내가 요구한 거래를 잘 생각해 보기를 바랍니다. 거래를 할 것인지 결정할 때까지 딱 열흘 생각할 시간을 주겠습니다. 그때까지 답이 없으면 인형의 정체에 대해 내 채널에 폭로하겠습니다. 말해 두는데, 영상 조회수가 더 돈이 됩니다. 나는 지금 '인티즈' 채널 운영자인 당신들에게 자비를 베풀고 있는 것입니다. 그 점을 잊지 마시기를.

메일 아래에는 사진 두 장이 첨부되어 있었다. 옛날 영화를 캡처한 듯 화질이 좋지 않은 사진이었다.

첫 번째 사진. 이인형이 한 건물에서 나오고 있었다. 이인형의 뒤로 '검정고시 전문학원' 간판이 커다랗게 걸려 있었다.

두 번째 사진. 중학생쯤 되어 보이는 뚱뚱한 남자애 한 명이 찍혀 있었다. 수학여행 때 찍은 것처럼 보이는 단체 사진이었는데,

남자애는 가장 뒤쪽에서 몸을 웅크리고 서 있었다.

"이 사진이 뭔데? 글은 왜 이렇게 번역기 돌린 것처럼 쓰는 건데? 스팸 맞겠지, 이거?"

스크롤을 다시 위로 쭉 올렸다. 그제야 녹음 파일이 하나 첨부되어 있는 걸 알았다. 이걸 클릭을 할까 말까, 스팸이면 다운 받는 순간 해킹당하거나 하는 건 아닐까. 그렇게 생각하면서도 호기심을 억누를 수가 없었다. 결국 나는 파일을 클릭했다. 다행히 아무 일도 일어나지 않았다. 휴대폰이 갑자기 꺼지지도 않았고, 화면에 바이러스 경고가 뜨지도 않았다. 지직거리는 잡음 섞인 목소리가 흘러나왔을 뿐이다. 이 분도 채 안 되는 짧은 파일이었다.

'차라리 휴대폰이 폭발하는 게 나았겠다.'

재생된 녹음 파일이 끝나고, 나는 진심으로 그렇게 생각했다.

5

나를 본 이인형의 눈썹이 위로 솟구쳤다가 아래로 축 처졌다. 아마 내 표정도 별반 다르지 않았을 거다. 이슈메이커가 보낸 사진 속의 검정고시 학원이 진짜 있는지 확인해 보고 싶었을 뿐, 이인형과 마주칠 줄은 꿈에도 몰랐다. '이런 데서 마주치다니, 우연이다.' '너 예고 다닌다며?' '나한테 뭐 할 이야기 없니?' 등등 수많은 말들이 머릿속에 떠올랐다. 그 말 중 무엇도 입 밖으로 튀어나오지 않았다.

"미안해."

이인형이 내 앞에 와 섰다. 고개 숙인 이인형의 뒤쪽 학원 건물에서 사람들이 우르르 몰려나왔다. 이대로 학원 입구에서 신파 드라마를 찍을 생각은 없었다.

무엇보다 나는 이인형에게 꼭 물어보고 싶은 게 있었다.

맞아, 나 저 학원 다니는 거. 야간반 다녀. 오후 일곱 시부터 시작하니까 그 전에 아르바이트를 할 수가 있거든.

처음부터 거짓말을 하려고 했던 건 아니야. 커뮤니티 말이야. 너희 누나랑 내가 만난 거기. 거기가 가입할 때 신분 확인을 엄청 철저하게 한다는 건 들어서 알지? 성인은 주민증이나 면허증을 찍어서 내는데, 학생은 그런 게 없잖아. 그래서 보통 학생증으로 대체한다고 하더라고. 그런데 난 없거든. 학생증. 그래서 청소년증 찍어서 보냈어. 청소년증 알지? 학교에서 단체로 발급해 주기도 한다던데. 어쨌든 그게 나한테 유일한 신분 증명 방법이잖아. 나 말고 학교 안 다니는 애들 대부분 그럴걸. 그것 때문에 만든 제도이기도 하고. 그런데 커뮤니티 관리자가 그것만으로는 안 된다는 거야. 학생인 경우 문제가 생겼을 때 연락할 학교가 필요하다나.

어이가 없었어. 학교 안 다니는 애들은 커뮤니티 들어오지 말라는 거랑 같은 말이잖아. 하지만 난 그 커뮤니티에 꼭 들어가고 싶었어. 공모전을 준비할 때마다 정말 막막했거든. 학교 다니는 애들은 같은 동아리 애들하고 나가거나, 학교 홈페이지 같은 곳에 글 올리면 팀원을 쉽게 구할 수 있잖아. 하지만 난 팀원 모으기가 정말 하늘의 별 따기였어. 다른 학교 게시판에 올라온 글 보고 포트폴리오를 보내면, 처음에는 자기 학교 학생 아니어도 환영이라고 해. 그러다가 내가 검정고시 준비 중이라고 하면 그건 좀, 이러면서 안 된다는 거야. 대회에 따라서는 참가 요건에 '고등학교 재학 중'이라고 적힌 곳도 있어. 그런 경우 검정고시 출신은 그 자격에 부합되는가에 대한 논란이 일어날 수도 있다, 뭐 그런 이유지.

메일로 관리자와 대판 싸웠어. 메일을 한 스무 통 주고받고, 나중에는 채팅으로 싸우고. 관리자가, 그러면 신원을 보증할 친구한 명의 학생증을 찍어 보내라고 했어. 청소년증은 양식이 너무 위조하기 쉬워서 그런다고. 그 말 들으니까 납득이 되는 부분도 있고, 무엇보다 관리자가 그 이상 양보해 줄 것 같지가 않더라. 내 남동생이 S예고에 다니거든. 동생한테 부탁해서, 걔 학생증을 찍어서 보냈지. 그런데 그게 커뮤니티 안에서 와전되어 소문이 난거야. S예고 다니는 애가 커뮤니티 관리자와 가입 문제로 대판 싸웠다더라, 이렇게. 그래서 커뮤니티 사람들은 내가 예고를 다니는 줄 알아. 누나도 그랬을 거고. 그래서 너한테도 그렇게 이야기했던 것 같아. 그래서, 그래서.

"그래서, 내가 물어봤을 때 얼떨결에 거짓말을 했다, 이거야?"

나는 이인형이 그렇게 횡설수설, 빠르게 말하는 걸 처음 봤다. 이인형은 말하는 내내 자신의 발끝만 내려다보았다. 나는 탁자 위에 놓인 컵만 바라봤다. 콜라가 가득 찬 컵 표면에 물방울이 송골송골 맺혀 있었다.

'이인형 얘는 사기꾼은 못 되겠다.'

표정을 숨기면 무엇하냐고. 온몸으로 '지금 나는 변명 중입니다'라고 외치고 있는데. 나와 눈도 못 마주치는 이인형의 모습에, '이슈메이커'가 보내온 메일에 대해 말해야 하나 망설여졌다. 내가 들었던 녹음 파일의 내용이 진짜냐고 물으면 이인형은 솔직하게 대답해 줄까? 아니면 지금처럼 변명하면서 내 눈치를 볼까? 그것도 아니면 상관하지 말라고 화를 낼까? 지직거리던 녹음 파일 속 목소리가 떠올랐다.

…이인형? 걔, 중학교 때 사기 쳤잖아. 부모님이 연예기획사 다닌다고. 그것 때문에 문제 생겨서 중학교 졸업 못 하고 자퇴한 거 아닌가.

웅얼거리던 목소리. 그게 사실이라면, 그리고 그게 폭로된다면…. 나와 이인형이 가짜 커플이라고 밝혔을 때 후폭풍은 걷잡을 수 없이 커질 터였다. 페이크 다큐를 위한 일이었다는 진실을 사람들이 과연 믿을까? 머릿속이 복잡해졌다.

'나도 참 나다.'

나는 컵을 들고 빨대를 깨물었다. 얼음이 거의 녹은 콜라는 밍밍

했다. 안성한에 대한 복수심에 불탔던 때라면, 진짜냐고 이인형에게 주저 없이 물어봤을 거다. 하지만 지금은 그럴 수가 없다. 이인형이 아니라고 할까 봐? 아니다. 지금 내가 제일 무서운 건, 이인형과의 커플로그가 끝나는 거다. 그럼 이인형과 만날 일이 사라지니까. 내가 생각해도 좀 미친 것 같다.

"이인형, 너 또 나한테 할 말 없어?"

그래서 나는 이인형이 먼저 말해 주기를 바랐다. 내가 물어보고 싶은 것들을 물어보지 않아도 이야기해 주면 얼마나 좋을까. '넌 왜 학교 안 다니고 검정고시 준비해?' '너 중학교 때 애들 속였어?' '지금은 왜 그렇게 죄지은 사람처럼 굴어?' '너 왜 카메라 의식 안 할 때 나 보면서 그런 표정 지어?' '우리 커플로그 끝나도 친구로 볼 수 있는 거야?' 그리고, 그리고…. 진짜, 너무나 물어보고 싶은 딱 하나의 질문만 골라내면 역시 이거다.

'넌 나 어떻게 생각해?'

입 밖으로 나오지 못한 질문들이 부글부글 끓는 물거품이 되어 떠올랐다가 사라졌다.

"…없어."

"내가 너에 대해서 알고 있어야 할 게 더 이상 없어?"

"응."

"그래. 그럼 됐어."

나는 컵에 남은 콜라를 단번에 빨아 마셨다. 그러고는 컵 안에 남은 얼음을 전부 입안에 털어 넣었다. 와작와작. 얼음을 마구 깨물자 금방이라도 이가 부러질 것 같은 아픔이 입안을 채우고 넘쳐 머리까지 치고 올라왔다. 나는 이마를 찌푸리며 자리에서 일어났다.

"난이야, 화났어?"

"아니, 안 났어. 화날 게 뭐 있어. 어차피 우린 가짜 커플로그 찍으려고 만난 건데. 그것도 거짓말이잖아. 그런데 네가 나한테 거짓말 한두 개 했다고 내가 화낼 이유가 뭐 있겠어? 물어본 것도 혹시 우리 목표를 이루기 전에 문제가 생길까 봐 그런 것뿐이야."

"난이야, 너 진짜 괜찮아?"

난 진짜 아무렇지 않은 듯 말하고 싶었다. 하지만 흥분이 묻어난 목소리는 톤도 높고, 부들부들 떨리기까지 했다. 최악이었다.

"괜찮아. 괜찮지 않을 이유가 없잖아."

나는 나를 따라 자리에서 일어난 이인형을 노려보곤 카페를 나왔다. 집으로 가는 버스가 와서 냉큼 올라탔다. 버스에 타자마자 그때까지 꾹 참고 있던 울음이 코끝으로 시큰하게 밀려왔다. 나는 버스 손잡이를 잡고 서서 코를 훌쩍거렸다. 자칫하면 눈물도 터져 나올 것 같아서 눈가를 손가락으로 꾹꾹 눌렀다. 한 정거장을 그렇게 가고 있는데, 내 앞에 앉아 있던 여자가 자리에서 일어나며 내게 무언가를 내밀었다. 얼떨결에 받아 들고 보니 휴대용 티슈였다. 여자는 내게 티슈를 건네주고는 얼른 자리에 앉으라는 듯 손짓을 해 보였다. 감사합니다, 라는 말을 하기도 전에 여자는 버스에서 내렸다. 하긴, 여유가 있었어도 말 못 했을 거다. 목까지 울음이 꽉 들어찬 상태였다.

나는 자리에 앉아 휴지를 한 장 꺼내 코를 풀었다. 버스에 앉아 코를 풀다니. 평소라면 창피해서 하지 못했을 일이지만, 슬픔이 창피함을 이겼다. 안성한이 내게 거짓말을 한 걸 알았을 때나 일방적으로 차였던 때는 화는 났지만 슬프지는 않았다. 내가 안성한을 좋아하지 않았으니까. 그렇지만 이인형의 거짓말은 슬펐다.

누군가를 좋아하게 되는 건 아이스크림을 먹는 것과 같다. 한여름에 한입 베어 무는 아이스크림의 아삭함은 그저 시원하고 좋다. 나누어 먹지 않아도, 혼자 몽땅 먹어도 머리 한쪽을 울리는 소리까지도 달콤하다. 하지만 달콤함이 빠진 아이스크림은 결국 얼음덩어리일 뿐이라서, 계속해서 혼자 먹으면 고통스럽기만 하다. 얼음이 아이스크림으로 변하는 마법이 일어나면 좋을 텐데. 그런 기적은 좀처럼 일어나지 않는다. 이인형이 나를 좋아하게 될 확률처럼 낮고도 낮다.

'앞으로 어떡하지. 이인형 얼굴은 또 어떻게 봐. 그러고 나왔으니.'

내려야 할 정류장을 한 번 지나쳤다. 이름 모를 언니가 주고 간 티슈 한 통을 다 쓰도록 버스는 정류장을 돌고 돌았다. 마치 내 걱정처럼.

❖

"모난이. 요즘 커플로그 안 올라오더라?"

권민영이 입가 가득 미소를 띠고 말을 걸어왔을 때 어느 정도는 눈치챘다. 얘가 내 속을 긁으러 왔구나, 하고. 나는 책상 위에 펼쳐 놓은 노트에서 눈을 떼지 않고 대답했다. '대본'이라고 크게 써 놓은 글자 아래로 단 한 줄도 적지 못하고 있는 터였다.

"남친이 좀 바빠서."

거짓말이다. 열흘째 '인티즈' 채널에 업로드가 안 되고 있는 건 내가 일방적으로 이인형을 피하고 있기 때문이다. 나는 어제, 일요일 촬영도 하러 나가지 않았다. 약속 장소에 나가지 않으면 이인형에게 전화라도 오겠지, 하고 내심 기대한 것도 있었다. 그런데 아니었다. 일요일 내내 이인형에게서는 메시지 한 통도 오지 않았다. 정정해야겠다. 내가 이인형을 피하고 있는 게 아니다. 연락도 없고, 만나러 온 것도 아닌 상대를 무슨 수로 피하겠는가. 커플로그가 안 올라오는 이유. 이인형도 연락을 하지 않고 있으니까. 고로 이건 쌍방 과실이며 나 혼자만의 잘못으로 이렇게 된 게 아니다. '인티즈 채널, 왜 업로드 없음?' '푼수까칠 커플, 돌아와.' '얘네 설마 헤어진 거 아냐?' 등의 댓글을 볼 때마다 애써 이런 식으로 자기 합리화를 하는 중이다.

"그래? 하긴. 바쁘긴 하겠다. 데이트하려면."

"뭐?"

"봐. 내가 남의 사진을 막 찍는 사람이 아닌데, 너 생각해서 찍은 거야."

권민영은 내게 자신의 휴대폰을 내밀었다. 액정에 뜬 사진 속, 카페에 앉아 있는 건 분명 이인형이었다. 이인형의 맞은편에는 마스크를 쓰고, 어깨까지 오는 머리를 하나로 묶은 누군가가 앉아 있었다. 마스크로 얼굴을 가리고 있었지만 실루엣만으로도 꽤 미인인 듯 보였다.

"어제 영화 보러 갔다가 난이 네 남친을 우연히 봤거든. 잘생겨서 백 미터 밖에서도 알아보겠더라. 앞에 앉은 여자랑 엄청 친해 보이던걸?"

슬금슬금 나와 권민영 주변으로 아이들이 모여들었다.

"한번 봐. 얘, 마스크 밖으로 미모가 뚫고 나오네. 난이 네 남친이랑 엄청 잘 어울린다."

"여자애 맞지? 키 크고 마른 것 봐. 모델 같다. 난이 너도 아는 애야?"

아이들이 악의 없이 던진 말이 내게 푹푹 날아와 꽂혔다. 권민영은 내가 펼쳐 놓은 노트를 힐끔 보더니 손가락 끝으로 툭 건드렸다.

"뭐야, 이건? 대본?"

나는 얼른 노트를 끌어 팔 아래로 숨겼다.

"네 남자친구, 이 애랑 커플 브이로그 찍는 거 아냐?"

수업 시작을 알리는 음악이 울렸고, 권민영은 코웃음을 치며 뒤돌아섰다. 긁어도 너무 긁었다. 부처님 가운데 토막이라도 그 정도로 긁었으면 그만하거라, 하고 한마디는 했을 거다. 하물며 나는 부처님도 아니고 모난이일 뿐이다. 나는 뒤돌아서서 가려는 권민영의 손목을 덥석 잡았다.

"민영아, 부러우면 부럽다고 해."

"뭐?"

"남의 연애에 관심이 많아도 너무 많은 것 같아서. 사실은 민영이 네가 커플로그 찍고 싶은 거 아냐? 응원할게. 그 전에 남자친구부터 사귀어야겠지만. 남의 남친한테 신경 쓰지 말고, 사귀어 줄 사람 열심히 찾아봐. 파이팅!"

나는 연기력을 끌어모아 정말로 권민영을 걱정하는 듯, 목소리에 애정을 듬뿍 실어 파이팅을 외쳤다. 교실 여기저기서 키득거리는 웃음소리가 들리더니 남자애 중 한 명이 번쩍 손을 들고 소리쳤다.

"권민영, 남친 구해? 나 입후보!"

"아서라. 쟤 몽몽 시녀잖아. 쟤랑 사귀면 너도 하인 된다."

몽몽의 젤리펜을 사서 쓰는 경우, 좋다고 극찬하는 사람이 있는가 하면 엉망이라고 비웃는 사람도 있기 마련이다. 권민영한테 빈정댄 무리는 그들이었다. 내 반격이 그들에겐 권민영을 공격할 찬

스가 된 것이다. 권민영은 무서운 표정으로 나를 노려보다가 자기 자리에 가 쓰러지듯 주저앉더니 책상 위에 엎드렸다. 권민영의 그룹 아이들과, 권민영을 공격한 그룹의 아이들 전부 나를 힐끔거렸다. 나는 그 시선을 모두 무시하고 꼿꼿이 앉아 앞만 봤다. 수업이 시작되었다. 권민영에게 한 방 먹였으니 속이 시원해야 할 텐데, 조금도 그렇지 않았다. 이제 권민영의 그룹에서 쫓겨날 게 분명하니 앞으로 어쩌지, 하는 걱정도 금세 머릿속에서 지워졌다. 수업이 끝나고, 쉬는 시간이 지나고, 다시 수업이 시작되었다. 그동안 나는 내내 꼿꼿이 앉아 부글부글 끓는 속을 다스렸다. 수업이 모두 끝나고 휴대폰이 내 손에 쥐어지자마자, 나는 이인형에게 메시지를 보냈다.

— 나 너한테 할 말 있어. 통화 가능해? 아니면 만나자.

답장은 오지 않았다. 휴대폰을 손에 꼭 쥐고 운동장을 가로질러 교문을 벗어날 때까지도 단 한 줄, 심지어 'ㅇ' 한 자도 오지 않았다. 나는 집으로 가는 버스가 아닌, 딱 한 번 탔던 버스에 올랐다. 이인형은 모를 것이다. 내가 한번 욱하면 어떻게든 끝을 봐야만 한다는 것을.

'그래, 쌍방 과실이야. 그러니까 내가 안 피하면 너도 더는 못 피해.'

정류장에서 내렸다. 오후 다섯 시. 이인형은 저녁 일곱 시부터 수업이 있다고 했었다.

'기다리다 보면 오겠지.'

나는 검정고시 학원 입구 옆쪽 벽에 기대어 섰다. 한 무리의 사람들이 우르르 학원 밖으로 쏟아져 나왔다가 눈 깜짝할 사이에 사라졌다. 오후 여섯 시. 한 시간쯤 지나자 다리가 아팠다. 건물 입구 쪽에 서 있는 경비원 아저씨와 자꾸 눈길이 마주치는 것도 약간 신경 쓰였다. 나는 건물을 나와서 바로 옆에 있는 편의점에 들어가 컵라면과 콜라 한 캔을 샀다. 편의점 밖에 놓인 간이 테이블에 컵라면을 올려놓고 의자에 앉았다. 콜라 캔을 따는데, 학원 건물 안으로 들어가는 낯익은 뒤통수가 보였다.

"이인형!"

내가 소리를 지르자, 학원 건물 앞에 몰려 있던 사람들의 시선이 한순간에 내 쪽으로 쏠렸다. 놀란 토끼 눈으로 나를 바라본 이인형이 주춤주춤 건물 안으로 들어가려는 듯 보였다. 나는 빠른 걸음으로 이인형을 향해 걸어가, 그의 양손을 꽉 움켜잡았다.

"나한테 할 말 있지, 너."

뭐야, 쟤네. 야, 학원 앞에서 연애질이냐. 혹시 쟤네 개네야? 그 브이로그. 찍을까? 수군거림이 들끓었다. 이인형은 한참이나 내게 손이 잡힌 채 꼼짝도 하지 않았다. 이인형이 약간 입을 벌린, 예의 그 멍한 표정으로 나를 마주 본 건 수군거리던 사람들이 모두 학원 안으로 빨려 들어간 뒤였다.

"있어, 할 말."

나와 이인형은 편의점 안 테이블에 마주 앉았다. 이인형은 자신의 휴대폰을 열어 사진 한 장을 보여 주었다. 나는 사진을 보자마자 깜짝 놀랐다. 키 작고 뚱뚱한 소년의 사진. 나는 그 사진을 본적 있었다. 이슈메이커가 보낸 메일에 첨부되어 있던 흑백 사진 속의 소년이, 이인형의 휴대폰 액정 안에 외롭게 서 있었다.

이게 나야. 지금이랑 좀 많이 다르지. 이건 중학교에 막 입학했을 때 사진이야. 초등학교 때는 더 뚱뚱했어. 키도 작고. 놀림을 많이 당했어. 그래도 초등학교 때는 인정이, 그러니까 내 동생 말이야. 커뮤니티 가입할 때 학생증 빌려줬다는 동생. 걔가 나랑 쌍둥이거든. 애들이 인정이 눈치를 많이 봤어. 나를 놀리다가도 인정이가 오면 언제 그랬냐는 듯이 친절해졌지. 동생이 내가 놀림 받는 거 몰랐냐고? 대충 눈치는 챘을 거야. 지금 생각하면 날 신경쓴다고 오히려 더 붙어 다녔던 것 같아. 하지만 어려도 자존심이 있잖아. 쌍둥이라서 더 그랬어. 쌍둥이인데 왜 저렇게 달라? 그런말을 너무 많이 들으니까 동생한테 털어놓을 수가 없더라.

인정이는 예술 중학교에 갔고 나는 일반 중학교로 진학을 했어.

인정이와 붙어 있지 않으면, 닮지 않은 쌍둥이로 소문나지 않으면 괴롭힘을 당하지 않겠거니 그렇게 생각했어. 그런데 아니었어. 그때부터는 더 이상, 단순히 '놀림'이라는 말로 부를 수 없는 일들이 일어났어. 그건 명백히 괴롭힘이었지. 아니다. 괴롭힘이라는 단어도 좀 부족하지 않나 싶어. 그 어떤 단어로도 내가 겪었던 일을 설명할 순 없어. 단어를 붙이는 순간 그때 겪었던 고통이 축소되는 것만 같아.

나를 괴롭혔던 애들 말이야, 걔네가 좀 신박한 방법으로 괴롭힌다 싶을 때면 동영상을 찍었어. 그걸 촬영하고, 내게 보여 주는 거야. 나는… 괴롭힘을 나름대로 견디고 있다고, 스스로를 다독이고 주문을 걸어야만 그나마 아침에 일어나서 학교에 갈 수 있었단 말이지. 그런데 영상에 찍힌 나는 아무리 봐도 잘 견디고 있는 모습이 아니란 말이야. 보잘것없고, 진짜 무기력해 보이고, 가끔은 이러니까 당하고 살지 싶게 못나 보였지.

맞아. 그 영상들, 그거 때문에 내가 액정에 비치는 걸 못 견디게 되었어. 정확히는 무서워졌지. 편집에 관심을 가지게 된 것도 처음엔 그 공포를 극복해 보려고 시작했던 거야. 영상을 자르고, 재편집하고 하다 보면 영상에 찍힌 건 결국 내가 컨트롤할 수 있다는 생각이 들어서 위안이 되었거든. 효과가 있었어. 내가 전에 이야기했잖아. 예전에는 CCTV 무서워서 모자 안 쓰고는 아예 밖에 못 나갔다고. 길거리에 카메라가 얼마나 많은지 사람들은 모를걸.

수학여행 가서 단체 사진 찍을 때도 카메라가 무서워서 맨 뒤에서 눈 질끈 감고 찍었어. 지금은 너와 함께 커플로그도 찍을 정도니까, 진짜 좋아진 거지.

나, 이번에 커플로그를 편집한 게 처음으로 다른 사람이 있는 영상을 직접 편집해 본 거였어. 이전에는 연습용으로 주로 풍경을 편집했으니까. 내가 편집한 영상 속에 있는 사람이 행복했으면 좋겠다, 그런 생각이 들더라. 그런 생각을 할 수 있게 된 거, 난이 네가 많이 배려해 준 덕분인 거 알아.

…그래서 더욱더 너한테 사실대로 말해야 한다고 생각했어. 결심이 안 서서 열흘 넘게 고민하고 또 고민하고, 인정이에게 푸념 늘어놓다가 정신 차리라고 한 대 맞기까지 했어. 일요일에 만나기로 한 장소에서 기다리는데…. 난이 네가 안 나올 것 같더라. 그렇다고 너한테 전화를 할 용기는 없고…. 인정이에게 연락해서 징징거렸지. 어? 영화관 근처 카페에서 만난 거 맞아. 어떻게 알았어? 사진? 너희 반 애가? 여자애 아니야! 인정이가 현대무용 전공이라 체중 관리를 심하게 해서 오해받을 때가 많긴 해. 머리도 공연 때문에 길어서 더 그렇고. 근데 걔는 나랑 인정이 사진은 왜 찍었대?

어쨌든 나 말이야, 중학교 3학년 여름방학 전에 자퇴했어. 괴롭힘 때문만은 아니었어. 원인이 그거긴 하지만…. 좀 달라. 달랐어. 적어도 내 마음 안에서는 그랬어.

3학년 초에 나와 인정이가 같이 있는 걸 우리 반 애가 봤어. 인정이가 그때 학생 모델을 해서 얼굴이 약간 알려진 상태였거든. 그런데 걔가, 나와 인정이가 형제일 거라는 생각은 못 한 거야. 너무 다르게 생겼으니까. 나 그때까지도 초등학교 졸업 때랑 비교해서 키가 딱 3센티밖에 안 자랐었어. 그래서 학교에 소문이 이상하게 퍼진 거야. 내 부모님이 연예기획자고, 인정이가 거기 소속 모델이라서 나와 만났던 거라고. 소문이 한참 퍼진 뒤에야 그 사실을 알았어. 나를 괴롭히던 애들이 갑자기 나한테 잘해 주더라고. 영문도 모르고 드디어 애들이 철이 들었구나, 그렇게만 여겼지. 그래도 남은 학기는 제대로 된 학교생활을 하겠구나, 하고 기뻐했어.

그 애들 중 한 명이 나한테 그러더라. 너희 부모님 좀 소개해 달라고. 자기쯤 되면 모델은 아니어도 아이돌 정도는 할 수 있지 않냐고. 그때 아니라고 했었어야 했는데…. 우리 부모님은 연예계와 아무 상관이 없다고. 그런데 그 말이 안 나왔어. 한순간에 어떻게 된 건지 파악이 되더라. 내가 여기서 진실을 말했다가는 괴롭힘이 다시 시작될 거란 것도.

그게 첫 거짓말이었어. 처음에는 나를 지키려고. 그런데 그게 점점, 조금씩 커지니까 걷잡을 수가 없게 되더라. 애들이 나한테 잘 보이려고 눈치를 보고, 내가 하는 말을 들어주고, 그런 게 너무 달콤했어. 여름방학이 가까워졌을 때는 사기꾼이 되어 버렸지. 조금만 더 기다리면 연습생 되게 해 준다, 여름 촬영에 엑스트라로 설

수 있게 해 준다…. 어디서 들은 건 있어서 그럴싸하게 떠들고 다녔어. 근데 그게 언제까지 이어질 리가 없잖아. 들통이 나고 말았지. 몇몇 애들에게 진짜 죽지 않을 만큼 맞았어. 부모님이 연예기획사 관계자라고 소문난 후로 내게 잘 대해 줬던 애들 대부분이 좀 논다 하는 애들이었거든. 학폭위 열리고, 부모님 오시고, 난리가 났지.

나한테 연예인이 되고 싶다고 말했던 애들 중에 말이야, 딱 한 명, 나를 괴롭히지 않았던 애가 있었어. 우리 반도 아니었고. 소문만 듣고 나를 찾아온 거야. 걔는 나한테 부모님을 소개해 달라고 부탁하지 않았어. 자기는 모델이 너무 되고 싶은데 어떻게 해야 하는지 모르겠다고, 자기처럼 키가 별로 크지 않은 사람도 모델이 될 수 있을까 하는 고민을 털어놓으려고 온 거였지. 다른 사람이 나한테 그렇게 진지하게 자신의 꿈을 털어놓은 적은 처음이었어. 걔랑 이야기를 엄청 많이 했어. 나는 할 수 있을 거라고 응원을 해 줬지. 진짜로, 걔가 꿈을 이루기를 바랐어.

내가 거짓말을 했다는 게 들통 난 뒤에 말이야, 걔가 나한테 그러더라. 내가 응원해 줘서 진짜 모델이 될 수 있을 것 같았다고. 전문가의 아들이 그렇게 말을 하니까, 가능성이 있구나 생각했다고. "그럼 그렇지. 나 같은 게 무슨 모델을." 그게 걔가 나한테 한 마지막 말이었어. 그 뒤로는 나를 봐도 모른 척했어. 나는 걔를 탓할 수가 없었지. 나는 거짓말을 하지 말았어야 해. 아니면 적어도 걔한테 당연히 할 수 있을 거라는 무책임한 말을 하지 말던가. 다시는 거짓말을 하지 않으리라 맹세했어.

나에게 폭력을 쓴 애들은 처벌을 받았지. 나는 자퇴를 결정했어. 새로운 출발을 하고 싶었거든. 그러고는 여름 내내 집에만 처박혀서 지냈지. 절벽에서 떨어지는 꿈을 한 달 내내 꿨어. 갑자기 키가 크더라. 절벽에서 떨어지는 꿈을 꿀 때마다, 정말 절벽에서 떨어진 것처럼 엄청나게 아프더니 한 달 동안 키가 15센티가 컸어. 뼈 마디마디가 너무 아프고 근육이 찢어질 것 같아서 밤마다 울었어. 몸이 너무 아프니까 미움이고 죄책감이고 다 날아가더라. 병원에 갔더니 성장통이래. 키가 그렇게 한꺼번에 크는 경우가 사춘기 때는 종종 있는데 뼈의 성장 속도를 근육이 못 따라가서 아프다는 거야. 병원 다니느라 억지로 밖에 끌려 나왔지. 그때부터 인정이가 자기가 다니는 체육관이며 피부과며 날 열심히 데리고 갔어. 인정이, 그때 공연 준비로 눈 돌아가게 바빴을 때인데 내가 안 좋은 생각 할까 봐 기숙사에도 안 돌아갔어. 나는 내 쌍둥이를 위해서라도 제대로 된 사람이 되어야겠구나, 그런 생각이 들더라.

한 사 개월 그렇게 아프고 나니까 통증이 확 가라앉더라고. 뼈와 근육이 밸런스를 찾은 거지. 그때 인정이네 학교에서 공연을 했어. 부모님이랑 같이 보러 갔지. 인정이 친구들이 날 보자마자 그러더라. 진짜 똑같이 생겼다고. 쌍둥이 처음 보는데 신기하다고. 그제야 알았어. 내가 누가 봐도 인정이와 쌍둥이로 보일 정도로 키가 크고 살도 빠졌다는 걸. 그날 집에 와서 거울을 봤어. 자퇴하고 나서 한 번도 거울에 비친 내 얼굴을 자세히 본 적이 없었거든. 사람 외모가 이렇게까지 변하는구나 싶더라고. 초등학교, 중학교를 같이 다녔던 애들도 지금 나 보면 아마 못 알아볼 거야.

하지만 외모가 변하면 뭐 해. 나는 안 변했는데. 여전히 나를 지키는 데 급급해서 뒷일은 생각도 안 하고 거짓말을 했어. 다시는 거짓말 하지 않겠다고 맹세했는데, 그거 하나 지키지 못했어. 난이 너와 처음 만났을 때 종이에 서로의 정보를 적어서 교환했잖아. 그때 나, 학교 안 적었잖아. 검정고시 준비하고 있으니까 적지 않아도 되겠지 생각한 게 아니야. 난이 네가 날 예고 학생이라고 오해하고 있기 때문에 적지 않았던 거야. 그때까지 검정고시 보게 된 걸 부끄럽다고 생각한 적은 없었어. 오히려 잘되었다 싶었지. 아르바이트도 할 수 있고, 편집 공부도 할 수 있고… 그런데 그 순간 그런 생각이 드는 거야. 자퇴한 걸 말하면 왜 자퇴를 했는지도 말해야 할 텐데. 내가 사기꾼이었던 걸 알면 얘가 나하고 함께 하자고 할까? 혹시 나중에 문제될 것 같다고 싫어하지는 않을까? 그런 생각이 들어서 거짓말한 거야.

난이 네가 더 할 말 없냐고 물어봤을 때, 가슴이 덜컥 내려앉는 줄 알았어. 그냥… 그게 너무 겁이 났어. 너한테 미움 받는 게.

✜

　　이인형은 내내 작은 목소리로 속삭이듯 말했다. 우리가 마주 앉은 탁자 주변에는 그 정도 목소리는 덮어 버릴 수 있는 수많은 소리가 넘쳐 흐르고 있었다. 해가 졌는데도 멈추지 않는 매미의 울음소리, 도로를 달리는 자동차 소리, 길을 오고 가는 사람들의 말과 웃음소리, 편의점 문을 열고 닫을 때 울리는 종소리조차도 이인형의 목소리보다는 컸다. 그런데도 내 귀에는 이인형의 목소리만이 뚜렷하게 들렸다. 꼭 노이즈 캔슬링이 엄청 잘되는 이어폰을 꽂은 것처럼 주변의 다른 소리는 멍하게 흐려졌다. 이인형의 이야기를 듣는 내내 나는 목이 말랐다. 나는 이인형에게 물어보고 싶었다. 왜 내게 미움 받는 게 겁이 났는데? 하지만 마른 입술을 혀끝으로 핥고 핥다 나온 질문은 전혀 다른 것이었다.

　　"다시는 거짓말하지 않기로 결심했다면서, 내 제안을 용케 수락했네. 가짜 커플 행세하는 것도 거짓말이잖아."

　　눈을 껌뻑이던 이인형의 목소리가 약간 더 커졌다.

　　"페이크 다큐에 흥미 있었던 건 사실이야. 거짓말을 파헤치는 거짓말이니까. 나는 나를 지키기 위해 거짓말을 했잖아. 거짓말이라는 게 얼마나 다양한 층위를 가지고 있는지, 꼭 한번 찍어 보고 싶었어. 그렇지만 거기에 내가 등장인물이 될 생각이 없었던 건 사실이야. 괴로울 것 같았거든. 그렇지만… 난 이 네가 제안했으니까.”

“내가 제안해서 출연하기로 한 거라고?”

“네가 왜 가짜 커플로그를 찍으려고 하는지, 솔직하게 말하는 게 대단해 보였어. 나였다면 어떻게든 그럴싸한 이유를 만들어 내려고 했을 거야. 게다가 그런 통쾌한 복수라니. 난 상상도 못 해 본 일이야. 난 이 네가 반짝반짝 빛나 보였어.”

그래서, 그래서…. 어물어물 말끝을 흐리던 이인형이 자리에서 벌떡 일어나더니 편의점 안으로 사라졌다. 나는 내 얼굴을 향해 손부채질을 했다. 얼굴에 열이라도 오른 듯 뜨거운 더위가 몰려왔다. 전혀 싫지 않은 들뜸을 동반한 열기였다.

“이거.”

편의점에서 나온 이인형이 내게 무언가를 내밀었다. 아이스크림이었다. 내가 이인형과 첫 커플 브이로그를 찍은 날에 공원 벤치에서 먹었던 아이스크림. 이인형의 손에도 같은 것이 들려 있었다. 나는 포장지를 벗기고 아이스크림을 한 입 베어 물었다. 아삭. 머리를 울리는 소리가 내 옆에서 동시에 났다. 나와 이인형은 마주 보고 앉아 묵묵히 아이스크림을 먹었다. 내 입안을, 나와 이인형의 틈새를 메우고 있는 건 단순한 얼음 조각이 아니었다. 달콤하고도 달콤한 아이스크림. 어쩌면 마법이 일어나지 않을까.

“난이야.”

내 이름을 부르는 이인형의 목소리는 그런 착각이 들게 할 만큼 다정했다.

"다시는 너한테 거짓말 안 할게. 약속해."

• 메일 1. 결정을 했나요?

나는 '인티즈' 채널에 계속 업로드가 없는 걸 걱정하고 있습니다. 혹시 채널을 폭파할 생각인가요? 도망간다고 해서 변하는 건 없습니다. 거래에 응하지 않으면, 나는 가지고 있는 자료를 공개할 겁니다. 결정을 좀 더 쉽게 할 수 있도록, 내가 가진 자료 중 일부를 맛보기로 보내 드립니다. 혹시 거래에 응할 돈이 없나요? 그렇다면 내가 좋은 기회를 소개해 주겠습니다. 커플 채널에 더없이 적합한, 커플 슬리퍼 광고에 대한 건입니다. 이 회사는 나와 특별한 파트너십을 가지고 있기 때문에, 당신이 마음을 정하고 광고를 수락하면 영상 확인 전 선입금을 해 줄 것입니다. 흥미가 있다면, 내가 첨부한 링크를 클릭해서 광고를 신청하십시오.

이 사태의 주범, 이슈메이커가 보낸 메일에 대해 까맣게 잊고 있었다. 이번 메일에는 짧은 동영상이 첨부되어 있었다. 삼십 초 정도밖에 되지 않는 동영상을 클릭했다. 이전에 첨부되어 있던 사진 속 남자애가 대여섯 명의 사람들 사이에서 무릎을 꿇고 앉아 있었다. "야, 사과 안 해, 이인형?" 영상 속에서 날 선 목소리가 튀어나왔다. 흑색 화면 속, 움직임을 따라가지 못해 깨져 보이는 도트의 틈새에서는 폭력의 잔상이 보였다. 나는 숨을 참은 채 영상을 봤다. 나는 이제 안다. 사진 속 통통한 소년이 누구인지.

영상은 끝났다. 나는 크게 숨을 몰아쉬었다. 아랫입술을 잘근잘근 씹으며 이슈메이커의 채널에 들어가 보았다. 시뻘건 바탕에 샛노란 글씨로 '이슈메이커 : 세상을 바꾸는 진실'이란 헤더가 장식된 채널이 나타났다. 연예인 루머 규명, 24시간 밀착 취재, 브이로거의 진실. 카테고리 제목부터 질척거림이 묻어났다. '브이로거의 진실' 카테고리의 가장 최근 영상을 클릭해 보았다. 궁서체로 요란하게 장식되어 있던 섬네일에 비해 영상 내용은 별것 없었다. 한 먹방 브이로거가 실제로는 음식을 다 먹지 않고, 먹는 척하다가 뱉어 버린다는 내용이었는데 영상을 짜깁기한 티가 너무 많이 났다.

'이런 억지를 누가 믿어?'

괜히 겁을 냈다 싶었다. 스크롤을 쭉 내려 습관적으로 댓글란을 봤다. 그런데 거기에, 그 억지를 믿는 사람들이 있었다. 댓글란은 영상 속 브이로거를 욕하는 글들로 가득 차 있었다. 온갖 조롱과 우습게 합성한 사진은 보는 것만으로 숨이 막혔다. 나는 이슈메이커의 채널을 나왔다. 저기에 댓글을 단 사람들은 영상 속 사람을 알까? 그 사람이 진짜로 음식을 다 먹지 않고 시청자를 속였는지 확인을 했을까? 그게 사실이라고 해도 저렇게까지 욕을 한다고? 무언가 자꾸 내 뒤통수를 쾅쾅 때렸다. 방 안의 공기가 갑자기 무겁고 답답하게 느껴졌다. 나는 방을 나와서 부엌으로 갔다. 냉장고에서 찬물을 꺼내 마셨다. 언니가 소파에 앉아 휴대폰을 보고 있었다.

"언니, 이슈메이커라고 알아?"

언니는 깜짝 놀란 듯 고개를 들어 내 쪽을 봤다.

"네가 그 채널을 어떻게 알아? 그따위 채널 들어가지 마. 거기 올라오는 거 다 쓰레기야."

"아니…, 추천 동영상에 떴는데 조회수가 높더라고. 그래서 어떤 덴가 하고."

"조회수는 높지. 조회수 올리려고 별짓을 다 하는 채널이니까. 그 채널, 확 뜬 게 한 일 년 전이야. 연예인 지망생이었던 중학생 여자애가 왕따당하다가 가해자 애들한테 의자를 집어 던진 사건이 있었단 말이야. 그걸 교묘하게 편집해서, 왕따당한 것도 폭행도 다 걔 잘못인 것처럼 몰고 갔어. 걔가 수영복 광고한 사진이랑 클럽 앞을 지나가는 사진 그런 걸 입수해서는 원래 노는 애였다, 뭐 이런 식으로…. 알지? 그런 편견이 무서운 거."

"어떻게 됐어? 걔는?"

"자살 시도를 했다나. 어쨌든 그것 때문에 떠들썩해져서 그 채널이 확 뜬 거야."

"그 여자애 잘못이 아니잖아."

나를 보는 언니의 눈빛이 어쩐지 슬퍼 보였다.

"그렇지. 이슈메이커 채널에 신나서 댓글 단 사람들도 다 그 애가 잘못한 게 있다고 생각해서 그렇게 욕을 한 건 아닐 거야."

"그럼 왜?"

"악의지. 길을 가다가 괜히 돌멩이 걷어차는 감각. 난이야, 내가 편집 일 시작하고 나서 브이로그를 엄청 많이 봤잖아. 브이로그 중에는 그냥 욕만 하는 것도 있어. 욕을 하는 자기 모습을 십여 분 넘게 찍는 거야. 그런데 그걸 좋다고 보는 사람들이 있어. 그 사람들은 자기 안에 쌓인 무언가를 분출할 대상이 필요한 것뿐이야."

그러니까 절대 그 채널에 들어가지 마. 언니의 목소리가 너무 멀리서 들렸다. 나는 방으로 돌아와 의자에 주저앉았다. 내 뒤통수를 때리던 것, 방을 답답하게 만들었던 것, 그것은 악의였다. 도망간다고 해서 변하는 건 없습니다. 이슈메이커의 메일 문장과, 언니가 했던 이야기와, 사진 속에 웅크리고 있던 이인형의 모습이 뒤죽박죽으로 뒤섞여 녹아내렸다. 씹다 뱉은 껌 같은 끈적거리는 것이 머릿속을 꽉 채웠다. 이슈메이커가 보낸 메일에 적혀 있던 백만 원이란 금액. 이것만 지불하면 너는 평온해질 수 있어. 메일에서 들려올 리 없는 목소리가 들리는 것만 같았다. 나는 이슈메이커가 보낸 메일의 끝에 첨부된 링크를 노려보았다. 딱 한 번. 딱 한 번만 뒷광고를 하면 그 금액을 지불할 수 있다.

누군가 내게, 지금 내가 겪고 있는 일을 털어놓으며 '나 협박당하고 있어'라고, 어떻게 하면 좋겠냐고 물었다면 난 뭐라고 대답했을까. '그런 거에 속으면 안 돼'라고 했을 거다. 남자친구에게 상의하라고. 뭐든 털어놓고 이야기하는 게 중요하다고. 교과서적인 답변이다. 그리고 그게 옳다는 걸 나도 안다.

'사람들에게 둘러싸여서 사진 찍혔을 때, 토할 것 같다고 했잖아. 이인형은 괜찮다고 했지만, 아직 중학교 때 겪은 일이 힘든 거야. 그런데 그때의 일이 사람들에게 전부 알려지면 이인형은 괴로울 거야. 이슈메이커가 알고 있다는 것만 알아도 괴로워 돌아 버릴걸.'

하지만 막상 내 일이 되자, 모범 답안은 자꾸만 뒤로 밀려났다. 그걸로 문제를 푸는 건 너무 오래 걸리고, 영영 끝나지 않을 또 다른 문제를 불러올 것만 같았다. 나는 이인형을 위해서 이 문제를 피하기로 했다. 아니, 이건 거짓말이다. '이인형을 위해서'라는 건 어디까지나 핑계. 나는 마법에 걸린 채 있고 싶었다. 어떻게 하면 이인형과 가짜 커플 브이로그를 끝내고, 진짜 커플이 될 수 있을까를 고민하는 것만으로도 머리가 가득 차서, 다른 골치 아픈 일을 생각하고 싶지 않았다.

'딱 한 번이야.'

나는 메일 끝에 첨부된 링크를 꾹 눌렀다.

6

인생은 타이밍이다.

• 메일 1. '인티즈' 채널에 IH 방송에서.

안녕하세요. 저희는 IH 인터넷 방송입니다. 이번에 저희가 십 대 크리에이터 특집으로 '십 대 커플 브이로거' 토크쇼를 진행합니다. 커플 브이로그를 시작하게 된 이유 등 진솔한 이야기를 나눌 계획입니다. 현재 참가 확정된 크리에이터는 '몽몽' 님과 '온리몽' 님 커플입니다. '모티즈' 님과 '인형' 님도 참가해 주시면 더욱 활발한 토크쇼가 될 것 같습니다. 다음 주 토요일 일곱 시부터 라이브로 진행될 예정이며, 참가 의사가 있으시면 수요일까지 아래 메일로 회신해 주거나, 혹은 기재된 번호로 연락 부탁드립니다.

이거다. IH 방송에서 온 메일을 본 순간 유레카를 외쳤다. 안성한과 함께 토크쇼라니. IH는 인터넷 방송국 중에서도 압도적인 구독자 수를 자랑하는 곳이다. 이곳에서의 라이브 방송만큼 '인티즈' 채널의 공식 종료를 알리는 데 적합한 자리가 있을까 싶었다.

솔직해지자. 핑계다. 나는 어떻게든 가짜 커플 브이로그를 끝낼 기회를 노리고 있었다. 끝내고 싶었다. 가짜가 아닌 진짜가 되고 싶었다. 그걸 위해서는 일단 모든 상황을 리셋해야만 했다.

"몽몽하고 같이 출연하니까 자연스럽게 이야기를 꺼내기 좋을 거야. 브이로그를 시작한 계기를 물으면, 안성한 때문이라고 대답하는 거지. 그럼 온리몽 때문이라고요? 라고 되물을 거 아냐. 그런 흐름으로 가면 우리가 왜 가짜 커플로그를 시작했는지 설명하기 쉬워져. IH 방송은 우리 채널과는 비교도 안 되게 구독자 수가 많잖아. 거기서 사실을 밝히는 게, 네 다큐를 위한 자료도 더 많이 모을 수 있을 거야."

나는 필사적으로 이인형을 설득했다. 예전처럼 이인형이 단칼에 내 제안을 거절하지는 않을 거라는 자신이 있었다. 나와 이인형은 여전히 일요일에만 만났지만 매일 저녁 통화를 했고, 브이로그와 상관없는 잡담도 나누었다. 달라진 것 없는 듯한 매일이었지만, 나와 이인형 사이에 떠도는 공기는 분명 이전과 달랐다. 그 변화는 내게 이인형도 가짜를 진짜로 만들고 싶지 않을까, 하는 기대를 품게 만들었다.

"그래. 그런데 난아, 우리, 인티즈 채널 끝나면….'"

이인형은 한참이나 머뭇거리다 말을 이었다.

"…끝나도 연락하고 지낼 거지? 그것만 약속해 줘. 그러면 방송 출연할게."

"그거, 내가 하고 싶은 말인데?"

내 대답에 이인형의 눈꼬리가 둥그렇게 휘었고, 내 기대는 풍선처럼 부풀어 올랐다. 나는 그날 저녁, 바로 IH 방송국에 답메일을 보냈다.

• Re: 출연 제안 감사합니다.

안녕하세요. '인티즈' 채널의 모티즈입니다. 제안에 응하겠습니다. 토요일 일곱 시라고 하셨죠? 자세한 사항을 알려 주세요. 어디로 가면 될까요? 그런데 인형이는 그 시간에 아르바이트가 있어서요. 조금 늦을지도 모르는데 괜찮을까요?

• Re: Re 제안에 응해 주셔서 감사합니다.

그럼요, 괜찮습니다. 약도를 첨부할 테니 이곳으로 와 주십시오.

스테이지 온. 이젠 돌이킬 수 없다.

❖

IH 방송국은 대로변에서 좀 벗어난 상가 건물 지하에 있었다. 방송국이라고 해서 아주 큰 곳일 줄 알았는데 생각보다 작았다.

—나 지금 방송국 도착. 너무 빨리 왔다. 한 시간이나 남았어.

—나도 알바 끝나자마자 갈게. 미안. 같이 못 가서.

이인형과 메시지를 주고받으며 지하로 내려가자 PD가 나를 맞이했다.

"일찍 왔네. 몽몽 커플도 와 있어. 걔네는 녹화본 찍을 것도 있어서 리허설하러 왔는데, 온리몽 기분이 안 좋아서 영 화면이 안 나오네. 몽몽 커플 쪽에 연락이 잘못 간 모양이더라고. 단독 게스트로 알고 있었나 봐."

나는 PD를 따라 복도 안쪽 끝으로 걸어 들어갔다. PD는 '대기실'이라고 쓰인 문 앞에 멈춰 섰다.

"안에서 조금만 기다려. 질문지 가져다줄게."

PD가 사라지자, 나는 대기실에 들어가려고 문고리를 잡았다. 안성한과 한방에 앉아 있어야 하다니, 상상만으로도 싫었다.

'이게 다 원대한 계획을 위해서야. 참자.'

굳게 마음을 먹고 손잡이를 돌리려 할 때였다.

"합동 출연이란 말은 없었잖아! 몽몽, 넌 내가 우습냐? 왜 나한테 말을 안 해!"

"나도 오늘 아침에야 연락받았단 말이야. 합동 출연이 어때서? 왜 화를 내?"

문 너머에서 다투는 목소리가 새어 나왔다. 나는 잡았던 문고리를 슬그머니 놓고 대기실 옆 벽에 기대어 섰다.

'안 그래도 마주치기 싫은데, 왜 자기들끼리 싸우고 저래.'

다투는 목소리는 점점 더 커졌다.

"아, 진짜 짜증 나게 구네!"

문이 사나운 소리를 내며 벌컥 열렸다. 얼굴이 벌겋게 달아오른 안성한이 안에서 나와 씩씩거리다가 문 옆에 선 나를 봤다. 에이 씨. 안성한은 낮게 욕을 내뱉고는 빠르게 건물 밖으로 사라졌다. 나는 빠끔히 열린 문틈으로 안을 살펴봤다. 몽몽이 얼굴을 양손으로 감싸고 소파에 앉아 있었다. 나는 조심스럽게 대기실 안으로 들어갔다. 몽몽이 흠칫 놀란 듯 고개를 들어 나를 보더니 애써 웃어 보였다. 나는 어색하게 웃으며 소파 한쪽에 앉았다. 나는 몽몽에게 무슨 말이든 건네고 싶었다. 괜찮아? 딱 한 마디라도. 브이로그 속 몽몽은 연예인처럼 반짝반짝 빛나 보였는데 나와 같은 소파에 앉아 있는 몽몽은 그냥, 내 나이 또래의 여자애였다. 몽몽은 울음을 참으려는 듯 미간 사이를 꾹꾹 누르다가 물을 마셨다. 그러다 나와 눈이 마주치자 다시 웃어 보였다.

"안녕. 난 몽몽이라고 해. 네가 모티즈지? 우리 오늘 방송 같이 하잖아."

"어…. 응. 잘 부탁해."

몽몽의 인사에 죄책감이 몰려왔다. 나는 오늘 그 방송을 망치러 왔으니까. 안성한은 욕을 먹어도 싸지만, 몽몽은 잘못한 게 없다.

"너 나랑 동갑이라며?"

얘는 왜 붙임성까지 좋아서 더 죄책감을 느끼게 하는 걸까.

"넌 예고 아니지? 나 일반고 생활 너무 궁금해. 내 남친이 일반고 다니는데, 나랑 학교생활이 어떻게 다른지 물어봐도 말을 잘 안 해 줘."

안 봐도 비디오였다. 안성한은 나와 사귀던 중에도 학교에서의 일을 잘 이야기하지 않았다. 그건 나도 마찬가지였다. 학교에서의 나는 별 볼일 없으니까. 굳이 학교 밖에서까지 그저 그런 나를 끄집어내고 싶지 않았다. 한두 번 안성한이 내게 학교 이야기를 한 적이 있긴 했다. "우리 학교 애들하고는 수준이 안 맞아." 안성한은 자기가 더 좋은 학교를 가야 했다고, 그 망할 놈의 **뺑뺑이** 때문에 지금의 학교에 간 거라고 투덜거렸다. 나는 "학교가 다 거기서 거기지, 뭐"라고 대답했고, 그것 때문에 나와 안성한은 싸웠다. 또 한번은 안성한이 자기는 예술 고등학교에 가고 싶었지만, 집에 돈이 없어서 가지 못했다고 말했다. 자신의 숨겨진 예술적 재능을 발휘할 기회가 없어서 아쉽다나. "그럼 예술적 재능을 숨기지 말고 발휘하지 그랬어. 대회에서 입상하면 특별전형으로 장학금도 받을 수 있었을 텐데." 나는 그렇게 대답했고, 역시나 대판 싸웠다.

…되짚어 떠올리니 나, 안성한하고 의외로 많이 싸웠다. 무시하고 지나쳐도 될 만한 헛소리였는데, 유독 안성한이 학교 불평을 할 때면 나도 뾰족하게 반응했었다. 왜 그랬던 걸까.

"나 너희 커플 영상도 봤어. 네 남친, 처음엔 무뚝뚝해 보였는데 되게 다정한 애 같아. 널 보는데 눈에서 꿀이 뚝뚝 떨어지더라."

몽몽이 살갑게 말을 건넬수록 내 죄책감은 더욱 커졌다. 나는 나와 몽몽 사이에 바리케이드를 치고 싶었다. 그렇지 않으면 마음이 약해져서 계획이고 뭐고 다 그만둬 버릴 것만 같았다. 하지만 내가 초능력자도 아니고, 없는 바리케이드가 뿅 하고 튀어나올 리는 만무하다. 내가 할 수 있는 거라곤 엉덩이를 들썩여 몽몽이 다가온 만큼 거리를 벌리는 것뿐이었다.

"PD님한테 너희 커플이 같이 출연하기로 결정되었다는 거 듣고 엄청 기뻤어."

"…안성한은 아니었을 텐데."

나를 보자마자 욕을 하던 안성한의 모습이 떠올라 무심코 중얼거렸다. 황급히 입을 다물었지만 이미 몽몽의 얼굴에는 커다란 물음표가 떠올라 있었다. 얘도 참 거짓말 못 할 타입이구나 싶었다.

"너 성한이랑 아는 사이야?"

"어…. 내가 다니는 학원이 걔 학원이랑 같은 건물에 있어서 오고 가면서 몇 번 봤어."

완전히 거짓말은 아니다. 나와 안성한은 사귄 기간보다 학원 건물에서 스쳐 지나가기만 한 기간이 더 길 거다. 애써 그렇게 자기 합리화를 했다.

"정말? 있잖아, 성한이 말이야, 학원에선 어떤 애야? 혹시 뭐 아는 거… 아니다, 미안해. 방금 말은 못 들은 걸로 해."

몽몽이 슬그머니 몸을 뒤로 뺐다. 안성한의 소문을 묻던 몽몽의 다급한 말투와 움츠러든 어깨. 누구든 몽몽의 연애가 순탄하지 않구나, 하고 눈치챘을 거다. 입을 다문 몽몽은 내 가방에 달린 명찰을 한참이나 만지작거리다가, 갑자기 몸을 숙이더니 명찰 바로 앞으로 얼굴을 바짝 들이밀었다.

"세상에. 모티즈 너, 이름이 모난이야?"

몽몽이 반가운 듯 소리쳤다.

"웅. 몽몽, 너 눈 나빠? 방금 명찰 글씨 읽은 거지?"

"양쪽 다 마이너스. 렌즈는 눈 아파서 잘 안 껴. 촬영할 때 아니면 안경 쓰는데, 성한이랑 만날 때는 안 써. 성한이가 내가 안경 쓰는 걸 너무 싫어해. 아니, 어쨌든! 반갑다, 진짜. 나도 모 씨야. 내 본명 모유경이야."

몽몽이 내 양손을 잡더니 마구 흔들었다. 설마 몽몽도 '모' 씨 성이라니! 나도 몽몽의 손을 마주 잡고 흔들었다. '김'이나 '이'처럼 무난하고 어떤 이름에나 어울리는 성을 가진 사람은 '모' 씨처럼 희귀한 성을 가진 사람만이 느낄 수 있는 유대감이 어떤 건지 모른다. 그건 유치원에 들어가 이름이 불리는 순간부터 겪어야 했던 온갖 놀림과, 성 때문에 따라붙었던 별명으로 인해 느꼈던 울분에 대한 공유다.

"웬일이야. 나 초중고 통틀어서 나랑 성 같은 애 처음 만났어."

"나도!"

어색하던 분위기는 단숨에 화기애애해졌다. 몽몽도 유치원 때 별명이 못난이였다고 했다. 학교에서 선생님이 발표자를 지명할 때면 괜히 긴장하게 되었던 경험도, 대체 왜 하고많은 성 중에 '모' 씨 성을 가진 남자와 결혼했냐고 차라리 엄마 성을 물려주지 그랬냐고 투덜거렸던 것도 똑같았다.

"진짜 신난다. 다른 사람하고 이렇게 즐겁게 이야기한 거 얼마만인지 모르겠어. 나, 남친도 처음 사귄 건데…."

몽몽이 말끝을 흐렸다. 나는 더 이상 거짓말을 하고 싶지 않았다. 단순히 죄책감 때문은 아니었다. 몽몽과 이야기하는 사이에 알아 버렸다. 고작 성이 같은 것만으로 이렇게나 공통점이 많을 수 있을까. 나와 몽몽은 어쩌면 더 많은 교집합을 가지고 있는 게 아닐까. 내가 몽몽을 상처 입힐 수 있다는 건, 다른 교집합에 속한 나도 누군가에게 상처 받을 수 있음을 뜻했다. 그런 일이 닥쳤을 때, 몽몽을 속였던 인과응보라며 자책하게 되는 건 싫었다. 그랬다간 나를 속인 사람을 마음껏 욕할 수도 없을 테니까. 나는 몽몽을 위해서가 아니라 나를 위해 솔직해지기로 했다.

"몽몽아, 네 남친 말이야, 안성한. 나, 너랑 걔랑 싸우는 거 밖에서 들었어. 자주 싸워? 안성한, 너한테 잘해 줘?"

몽몽의 얼굴이 한순간에 눈에 띄게 어두워졌다.

"모르겠어. 연애란 게 원래 이런 거야? 다른 애들은 어떻게 사귀는 거야? 나, 너희 커플 팬이라고 한 거 진짜야. 네 남친 있잖아, 인형이. 걔는 말을 많이 하는 건 아니지만 너를 정말 다정하게 바라보더라. 그게 영상 밖에서까지 막 느껴져. 나도 누군가가 나를 그렇게 봐 주길 바랐어. 내 얼굴에 뾰루지가 나도, 화장이 잘 안 되고 살이 좀 쪄도 예쁘게 봐 주는 한 사람이 너무 필요했어."

몽몽의 목소리에 떨림이 섞였다.

"나 어릴 때부터 피겨 했잖아. 오디션 서바이벌 프로그램도 나갔고. 아빠랑 엄마가 맨날 그랬어. 살찌면 안 된다고. 예쁘고 완벽한 우리 딸이 자랑스럽다고. 그런데 사람이 어떻게 맨날 예뻐? 나도 떡볶이 국물에 밥 볶아 먹고 싶고 빵도 먹고 싶고 편의점에서 컵라면에 삼각김밥 말아서 먹어 보고 싶어. 서바이벌 프로그램 탈락하고 한 2주쯤 진짜 미친 듯이 먹었어. 최고 몸무게를 찍었지. 그랬더니 엄마가 나한테 통통한 딸은 엄마 딸 아니라고, 살찌면 춤 선도 안 이쁘게 나온다고 그러는 거야. 그날 너무 서러워서 엄청 울었어. 브이로그도 말이야, 그거라도 안 하면 아빠랑 엄마가 날 너무 한심하게 볼까 봐 시작한 거야."

나는 몽몽을 부러워하던 애들의 말을 떠올렸다. 몽몽이 부러워. 협찬도 많이 받고, 순진해서 고민도 없어 보이잖아. 몽몽을 싫어하던 애들의 말이 그 위에 겹쳐졌다. 걔는 설정 과다야. 너무 귀여운 척, 순진한 척하잖아. 몽몽에 대해 다 아는 듯이 떠들던 그들 중에 누군가는 알까? 몽몽이 숨이 넘어갈 듯이 울음을 참는 아이라는 걸.

"그래서 성한이가 고백했을 때 정말 기뻤어. 걔는 내가 어떤 모습이든 좋다고 했거든. 그 말을 믿고 싶었어. 그랬는데… 모르겠어. 걔는 브이로그를 찍을 때는 진짜 다정하게 말하는데 평소에는 자주 화를 내. 내가 자기를 무시하는 것 같대. 내가 자기를 만날 때 안 꾸미고 나온다고, 안경을 쓴다고, 게임 할 때 전화를 한다고. 오늘도, 이거 처음에 제안 들어왔을 때는 성한이도 좋다고 기뻐했거든? 그런데 대기실 도착하자마자 갑자기 기분이 상했는지 화를 내는 거야."

몽몽이 코를 훌쩍거렸다. 나는 탁자 위에 놓인 휴지를 뽑아 몽몽에게 건네며 크게 숨을 들이마셨다. 진실을 말하는 데는 언제나 용기가 필요하다. 하물며 그게, 지금 막 만난 사람에게 내가 네 남친의 전 여친이라고 서두를 떼야 할 때는 더더욱 그렇다.

"안성한이 화낸 거, 나 때문일 거야."

내 고해성사는 상당히 횡설수설 정신없었고, 몽몽은 저러다 눈알 튀어나오는 거 아닐까 싶게 점점 더 크게 눈을 부릅떴다. 내가 이야기를 끝내고도 한참 후에야 몽몽의 눈은 원래 크기로 돌아갔다. 몽몽은 한 단어, 한 단어를 짓이겨 씹으며 내게 되물었다.

"그러니까 너랑 사귀고 있을 때 나한테 고백했다는 거네. 모티즈 너는 복수하려고 인형이 개랑 사귀는 것도 아닌데 커플로그를 찍었고?"

"지금은 복수할 생각 없어. 가짜 커플로그를 끝내고 싶으니까 다 이야기하려는 거야."

"그럼 너 엄청 욕 먹을지도 몰라. 그래도 할 거야?"

나는 망설이지 않고 고개를 끄덕였다.

"응. 가짜인 채로 있는 게 더 힘들어."

그렇구나. 몽몽은 힘없이 중얼거렸다. 나는 몽몽이 차라리 화를 내면 좋겠다고 생각했다. 그 편이 오히려 마음이 편할 것 같았다. 내가 몽몽에게 괜찮냐고 말하려는 순간, 대기실 문이 열렸다.

"야, 너 내가 화를 내고 나갔는데 찾으러도 안 와? 네가 그래도 여자친구야?"

안성한이 문가에 기대어 서서 빈정거렸다. 몽몽은 조용히 자리에서 일어나더니 소파에 놓여 있던 자신의 가방을 집어 들었다. 그러고는 무표정하게 안성한 앞에 걸어가 섰다.

"너, 정말이지 나니까 사귀어 주는 줄 알아. 좀 예쁘기만 하지 눈치도 없고."

"닥쳐."

"뭐?"

안성한은 여전히 눈치가 없었다. 처음 만난 나도 몽몽이 얼마나 화가 났는지 알 수 있을 정도인데 불난 집에 기름을 끼얹었다니. 한없이 순하게만 보였던 몽몽의 눈가가 표범처럼 변한 걸 봤으면 까불지 말아야 하는 거 아닌가. 그러나 안성한은 왜, 라고 또 한 번 물었고 그 순간 몽몽은 손에 들고 있던 가방을 안성한을 향해 휘둘렀다. 퍽. 가방 안에 뭐가 들었는지 철판 깨지는 소리가 났다.

"너, 연락하면 죽는다."

몽몽은 그 말만을 남기고 거침없이 안성한 옆을 지나 멀어져 갔다. 안성한은 머리를 감싸 쥐고 주저앉은 채 그런 몽몽의 뒷모습을 멍하니 바라보았다. 무슨 일이 일어났는지 파악이 안 된 모양이다. 몽몽이 완전히 사라지고 얼마 후, PD가 허둥지둥 달려왔다.

"몽몽이 오늘 방송 못 한다고 하는데, 어떻게 된 거야? 갑자기 펑크를 내면 어떻게 해?"

"저도 잘…. 설마 야, 모난이. 너 몽몽한테 뭐라고 했어?"

안성한이 나를 노려봤다. 나는 무슨 말인지 모르겠다는 듯 어깨만 으쓱해 보였다. 허둥거리던 PD가 울리는 전화를 받았다.

"예. 잠깐만…. 몽몽이 라이브를 켰다고? 헤어졌다고? 아니, 그게 무슨 말이에요. 안 되겠다. 일단 오늘 특별 라이브 방송은 취소하고, 다음 주에 업로드하려고 했던 콘텐츠 올리죠. 미쳤어요? 십대 애들 문제 잘못 다루었다간 폭격 들어와요. 헤어졌다고 공표한

십 대 브이로거 팔아서 시청자 수 끌어들이려 했다고 소문나면 말이죠, 찌라시 채널로 전락하는 거 금방이라고요."

PD는 휴대폰 너머 상대에게 버럭 화를 냈다. 통화를 마치고 PD는 내게 미안하다고, 상황이 이렇게 되었으니 다음에 만나자는 말을 속사포처럼 쏟아 내고는 계단을 뛰어 올라갔다.

"뭐야, 이게. 야, 모난이. 너 뭐라고 했어. 몽몽이한테 뭐라고 했냐고! 두고 봐, 너. 나하고 몽몽이 잘못되면 너도 가만히 안 둘 거야. 아니지. 이럴 때가 아니야. 라이브? 몽몽이 무슨 라이브를 한다는 거야?"

허둥지둥 휴대폰을 꺼내 몽몽의 채널을 클릭하는 안성한의 숨이 가빠졌다.

"뭐야, 진짜잖아? 언니, 왜 헤어졌어요…. 쓰레기랑은 못 사귑니다? 이게 진짜! 지금껏 비위 다 맞춰 줬더니. 잠깐, 내 채널은? 빌어먹을. 구독자 수가 이게 뭐야! 그사이에 이렇게나 줄었다고? 안 되겠다. 나도 라이브를 켜야겠어."

안성한이 소파에 앉아 셀카봉에 휴대폰을 연결하는 것을 보며, 나는 대기실을 나왔다. 더 이상 안성한을 지켜보고 있기가 괴로웠다.

안성한이 학교에 대한 불평을 늘어놓을 때면 유독 내가 예민하게 반응했던 이유를 어렴풋이 알 것 같았다. 사실은 그때 나도 푸념하고 싶었던 거다. 한심한 안성한의 모습이 꼭 거울에 비친 나 같아서 더욱 진절머리나게 싫었던 거였다. 몽몽의 이별 선언 라이브에 라이브로 맞대응하겠다며 이를 박박 갈고 있는 안성한의 모습을 보니, 안성한에게 복수하기 위해 유명 브이로거가 되겠다고 열을 내던 내 모습이 떠올랐다. 몽몽과 교집합을 이루고 있는 내가 있다면, 안성한과 교집합을 가지고 있는 나도 있었다.

─우리 방송 취소. 안 와도 돼.

나는 방송국 건물을 나오면서 인형에게 메시지를 보냈다. 버스 정류장으로 걸어가는 동안, 나는 둥그런 원과 원이 겹쳐져 생긴 작은 원을 떠올렸다. 누군가의 교집합이 된다면, 불평이나 미움이 아닌 공감과 위로가 되는 사람을 만나고 싶다. 맞닿은 부분으로 뾰족뾰족하게 서로를 찌르는 게 아닌, 포근하게 안아 줄 수 있는 그런 만남이면 좋겠다.

─그래? 잠깐 공원에서 만날래? 얼굴 보고 싶다.

인형에게서 온 답장이 내 마음을 포근하게 만들어 주듯이 말이다.

❖

큰일이야. 아무리 생각해도 큰일이야. 제발 누가, 내게 좀 알려 줘. 가짜 커플 브이로그를 끝낼 타이밍을!

커플 합동 라이브가 취소된 사건은 나름대로 해피엔딩이었어. 적어도 안성한과 몽몽이 헤어졌으니까. 안성한은 끝까지 추했어. 몽몽한테 다시 사귀자며 매달리러 가는 모습을 라이브로 방송하겠다고 했다가 욕만 먹었지. 안성한의 구독자는 일주일 사이에 우수수 떨어져서 이제는 천 명도 남지 않았어.

난 '인티즈' 채널의 구독자도 떨어질 줄 알았어. 커플 라이브 사건 후, 몽몽과 안성한의 소동이 사그라질 때까지 한 번도 브이로그를 올리지 않았거든. 커플 합동 라이브에서 우리 채널이 페이크 다큐를 위한 것일 뿐, 우리가 진짜 커플이 아니라는 걸 밝힐 기회가 사라져 버렸잖아. 어떻게 해야 할지 결정을 할 수가 없었어. 커플로그를 계속해야 할지, 아니면 이대로 그만두어야 할지. 가짜 커플인 척은 그만두고 싶어. 진짜 커플이 되고 싶으니까. 그래서 이대로 어영부영 끝나기를 바랐던 건지도 몰라. 구독자가 떨어졌다는 핑계로 말이야.

그런데 안 떨어졌어. 오히려 늘었다고! 어떻게 된 건가 싶었는데, 내가 인형의 학원 앞에 찾아갔던 걸 누가 찍어서 올린 거야. 쇼트 동영상 사이트에서 무려 '핫 TOP 10' 링크에 올라가 있더라니까. 그걸 본 사람들이 우리 채널에 찾아온 거지. 거기에 몽몽의 사건이 터지면서, 같이 출연하기로 했던 커플이 우리라는 소문이 나서 구독자는 더더욱 업. 채널 게시판에 괜찮냐는 안부를 묻는 글이 넘쳐나고 있어. 더 이상 무시할 수 없는 수준이라고. 결국엔 이번 주 일요일에 다시 브이로그 촬영을 하기로 했어. 그래서 지금 난 대본을 써야 해. 쓰는 건 어렵지 않아. 인형과 함께 해 보고 싶은 일은 잔뜩 있으니까. 하지만 대본이잖아. 그렇게 생각하면 조금도 신이 나지 않아.

이인형은 어떨까? 나와 계속 커플로그를 찍는 게 아직도 페이크 다큐를 위해서일까? 이인형은 가짜 커플로그가 끝나도 나와 연락을 하고 싶다고 말했어. 그걸 보면 이인형도 내게 마음이 있는 게 아닐까?

한 가지 더, 마음에 걸리는 게 있어. 만약 이인형과 진짜 커플이 되면, 이슈메이커에게 뒷광고를 받았던 사실을 말해야 할까? 아니면 계속 비밀로 하는 게 좋을까? 처음에는 이 문제를 크게 생각하지 않았어. 이미 해결된 문제니까 없었던 일처럼 잊어버리고 싶었지. 하지만 이인형이 그랬잖아. 내게는 절대 거짓말을 하지 않겠다고. 진짜 커플이 되면, 나도 이인형에게 그렇게 말해 주고 싶어. 그러려면 이슈메이커와의 일을 털어놓아야만 해. 내가 이슈메이커에게 돈을 준 사실을. 그걸 위해서 뒷광고를 받았던 사실을 말이야.

뒷광고. 그건 정말 최악이었어. 그 망할 슬리퍼. 튼튼하기는 무슨. 신고 나서 한 시간도 안 되어 밑창이 뚝 떨어져 버려 얼마나 당황했는지 몰라. 이인형한테 뒷광고를 받은 거라고는 말할 수 없으니까, 내가 산 척 선물했단 말이지. 이인형은 그걸 받고 정말 기뻐했어. 밑창이 떨어졌어도 붙여서 신겠다고 했다고. 브이로그도 밑창이 떨어진 부분은 삭제하고 얼마나 예쁘게 편집을 해서 업로드했는지 몰라. 이인형이 그렇게 해 주어서 다행이었어. 이미 돈을 받아 이슈메이커에게 줘 버린 뒤였거든. 그런데 뒷광고 계약서에 '상품의 결점이 영상에 드러나면 위약금으로 계약금의 1.5배를 지불한다'라고 써져 있는 걸 나중에서야 봤어. 아니, 이게 말이 돼? 그럼 애초에 물건을 제대로 만들던가! 혹시 내 브이로그를 보고 그 샌들을 산 사람들은 얼마나 실망했을까? 너무 화가 났어.

…내가 이슈메이커와의 일을 털어놓았다가 이인형이 나를 싫어하면 어떻게 하지?

그래. 그게 너무나 걱정돼 고민이 되는 거야. 털어놓아야 한다고 생각은 하지만, 혹시 그 거짓말 때문에 모든 게 망가질까 봐. 가짜에서 진짜가 되기는커녕 아무 관계도 아니게 될까 봐.

후회 중이야. 이슈메이커에게 메일을 받았을 때부터 이인형에게 전부 솔직하게 말했어야 해. 그건 나만의 문제가 아니었잖아. 이인형이 결정해야 할 이인형의 문제이기도 했어.

거짓말하지 말걸.

마침표를 어떻게 찍어야 할지 모르겠어. 이건 열일곱 살 여자애가 하기엔 너무 큰 고민이야. 여름방학 전에는 이 문제를 해결하고 싶어. 고등학교 첫 여름방학이니까. 그러니까 더욱더.

7

어영부영 가짜 커플 브이로그를 이어가던 중 내게 폭탄이 날아들었다. 폭탄을 던진 건 내게 협박 메일을 보냈던 이슈메이커였다.

안녕하세요! 여러분에게 진실을 전하는 이 시대 최고의 이슈메이커입니다. 이번에 전해 드릴 이슈는 뭐다? 그렇습니다. 뒷광고! 얼마 전에 연예인 J씨가 자신의 브이로그에서 애용품이라고 소개했던 화장품이 사실은 협찬 제품이었다는 사실이 밝혀지면서 큰 논란이 일었습니다. 평소 아토피로 자연 소재 화장품을 사용하기로 유명한 J씨. 민감한 피부를 가진 수많은 팬이 J씨가 사용하는 화장품을 따라 사곤 했는데요. 웬걸, 뒷광고로 소개한 이 화장품은 알레르기를 일으키는 성분이 시중에 판매되는 타 브랜드의 화장품에 비해 무려 세 배!

기준치 초과! J씨의 채널에는 J씨를 믿고 샀다가 피부가 뒤집어졌다는 팬들의 항의 섞인 댓글이 줄을 이었습니다. 그러자 J씨는 댓글을 막고 문제를 회피하는 듯한 모습을 보여 논란은 한층 가열되었습니다. J씨의 팬들은 무슨 죄일까요. 광고라고 밝혔다면 팬들은 당연히 성분을 살펴보고 샀을 겁니다.

이렇게 팬들의 믿음을 배반할 뿐 아니라, 실질적인 피해까지 속출하고 있는 뒷광고! 그런데 이런 뒷광고를 하는 게 연예인만은 아니죠. 어느 정도 구독자를 가진 채널에는 이 뒷광고 제의가 한 번씩은 간다는데요, 성인만이 아닌 미성년자 채널도 예외는 아닙니다. 참, 지금 지나가는 자료 영상은 뭐다? 어디까지나 참고지, 이 영상의 채널이 전부 뒷광고를 받았다는 건 아닙니다. 여기서 찔려 가지고 우리를 고소한다 어쩐다 하면 그거야말로 뭐다? 뒷광고를 받았다고 인증하는 셈이다. 아시죠? 판단은 시청자들의 몫입니다. 우리 이슈메이커 PD님이, 십 대 브이로거의 뒷광고 실상을 추적하기 위해 기획하신 게 있죠?

그렇습니다. 모두의 상상을 뛰어넘는 수준의 페이크 다큐! 뭐, 이렇게 말하면 쟤네 또 오버하네, 하고 생각할 수 있지만요. 정확히 나흘 뒤! 공개될 충격 영상. 많이 기대해 주시기 바랍니다. 그럼 이만, 안녀어엉!

검은 선글라스를 낀 남자의 유쾌한 인사로 영상은 끝났다. 하지만 나는 전혀 유쾌하지 않았다. 이슈메이커가 영상 중간에 '판단은 시청자들의 몫일 것'이란 멘트를 했을 때 지나간 몇몇 채널들 캡처 중에 '인티즈'가 있었다. 그뿐만이 아니다. 나흘 후에 충격 영상을 공개한다고 했을 때, 예고편처럼 잠깐 보였던 것. 그건 내가 이슈메이커에게 제안을 받아 뒷광고를 했던 슬리퍼였다. '인티즈' 채널의 댓글이 폭주하기 시작했다.

ㄴ 이슈메이커 예고장. 좌표 찍고 갑니다.

→ 뭐래. 얘넨 상관없어.

→ 참도 상관없겠네. 자료 영상에 이 채널 제일 크게 나옴. 슬리퍼 영상도 있네? 이 정도면 확신범임.

→ 어디까지나 참고란 말 못 들음?

→ 이슈메이커 말버릇 모름? 걔 그거, 고소 안 당하려고 연막 치는 거지. 매번 참고 영상이 곧 좌표였다는 거 모르는 사람 있냐?

ㄴ 인형아, 티즈야, 누나는 너희 믿어!

ㄴ 예쁜 커플 방해하지 마.

→ 몽몽 커플 깨진 것도 혹시 얘네랑 관련 있는 거 아님?

댓글 창은 하루도 안 되어서 전쟁터가 되었다. 나는 이슈메이커의 영상을 다시 한 번 돌려 보았다. 이슈메이커가 공개한다는 충격 영상. 영상을 업로드하지도 않았는데 미리 돈을 보내 주었던 슬리퍼 업체, 그 업체를 소개해 주었던 이슈메이커, 그리고 내게 협박 메일을 보냈던 이슈메이커. 그 모든 일이 한 줄에 꿰어 맞추어졌다.

'내가 이슈메이커의 함정에 걸린 거라면…. 설마, 아닐 거야.'

아니기를 바랐다. 그러면서도 나는 이슈메이커 채널을 새로 고침 하는 것을 멈출 수 없었다. 나흘 후 폭탄이 터질지 안 터질지 불안해하느니, 내가 먼저 모든 걸 고백해 버릴까 하는 생각도 들었다. '인티즈' 채널에 올라온, 나를 믿는다는 사람들의 댓글을 보니 더욱 그랬다.

예전에 한 아이돌을 미친 듯이 좋아했던 때가 있었다. 그다지 인지도가 높지 않았던 그 아이돌은 어느 날 갑자기 여자친구가 임신을 했다면서 결혼을 발표하고 팀을 탈퇴했다. 그때의 충격이란. 나도, 한줌단이던 팬들도 그 연예인이 결혼했다는 것에 충격을 받은 게 아니었다. 갑자기, 정말 팬들에게 한마디 말도 없이 사라진 것에 충격을 받았다. 그가 만약 기사가 나기 전에 팬들에게 편지 한 줄이라도 남겼다면 팬들은 결혼 축하한다고 꽃은 못 뿌려 줘도 덕담은 해 주었을 거다. 한줌단에게는 한줌단의 의리가 있는 법이니까. 그때 나는 뒤통수를 맞는다는 게 이런 거구나, 하는 걸 느꼈다. 이슈메이커의 충격 영상이 정말로 나에 대한 것이라면, 이번에는 내가 응원 댓글을 달아 준 사람들의 뒤통수를 치는 셈이 되는 것이다.

'그런데 어떻게 말을 해? 어디서부터? 이슈메이커가 협박 메일을 보냈어요. 협박 내용은….'

이인형이 자기 친구들에게 연예인으로 데뷔시켜 주겠다고 거짓말을 했다는 것. 안 된다. 무리다. 이인형은 내가 이슈메이커에게 협박당한 걸 모른다. 이인형이 내게 자신의 중학교 때 이야기를 털어놓은 건 나를 믿어서이다. 그걸 내가 멋대로 다른 사람들에게 떠들 수는 없다. 이야기를 하려면 먼저 이인형에게 허락을 받아야 하는데, 이인형은 이슈메이커에 대해 모르니까…. 답이 안 나오는 도돌이표다. 첫 단추를 완전히 잘못 끼웠다.

토요일이었고, 해야 할 일은 많았다. 내일 커플 브이로그를 찍으러 이인형과 만나기로 약속했는데, 대본을 하나도 쓰지 못했다. 토요일 오후 두 시까지는 보내겠다고 약속을 했지만, 이슈메이커의 채널을 들락거리다 보니 어느새 저녁 여섯 시가 되어 버렸다. 정신을 차려야지 싶어 휴대폰 전원을 끄고, 노트북을 켰다. 그렇지만 정신을 차리니, 나는 노트북으로 다시 이슈메이커 채널을 무한 새로 고침 하고 있었고 시계는 무려 여덟 시를 넘기고 있었다.

'모르겠다, 이젠. 될 대로 되라지.'

나는 노트북을 덮고 침대로 다이빙했다.

'진짜 될 대로 되어서 폭탄이라도 터지면 어쩌지.'

걱정이 온몸을 무겁게 짓눌렀다. 내일 이인형을 만나서, 아무렇지 않게 브이로그를 찍을 자신이 없었다. 나는 꺼 놓았던 휴대폰을 켰다.

—난이야, 너 왜 연락이 안 돼? 무슨 일 있어?

이인형에게 몇 통의 메시지가 와 있었다. 이인형이 보낸 메시지를 보면, 저절로 이인형의 표정이 떠오른다. 입을 살짝 벌리고 멍하니 나를 보는 표정. 동글동글한 눈과 입을 가진 이모티콘을 닮은 그 표정. 내게만 보여 주는 표정이다. 나는 이인형이 보낸 메시지를 슬며시 손으로 가린 채 휴대폰 키보드를 쳤다.

—미안. 나 내일 약속 못 지킬 것 같아.

메시지를 전송하고, 다시 휴대폰 전원을 껐다. 안 그러면 밤새도록 또 이슈메이커 채널을 새로 고침 하고 있을 것 같았다.

새벽녘 가위에 눌렸다. 수많은 사람이 나를 둘러싸고 있었다. 사람들이 남긴 댓글이, 꼼짝 못 하게 묶인 내 위에 쌓여 갔다. 그건 주먹만큼 작은 폭탄이었다. 기폭장치에 불이 붙어서 언제 터질지 모르게 지지직 불꽃을 뿜어내고 있었다. 나는 어떻게든 몸을 일으키려고 버둥거렸고 사람들이 한두 명씩 사라졌다. 계속 버둥거리는데, 어느 순간 이인형이 내 앞에 앉아 있었다. 도와달라고 하려 했지만, 말이 나오지 않았다. 이인형은 몸을 숙여 내 귓가에 속삭였다. "왜 그런 거짓말을 했어?" 그 말은 그대로 커다란 폭탄이 되어 내 몸 위에 쌓인 작은 폭탄들 위에 얹혔다. 그게 결정타였다. 바닥이 무너지고, 나는 추락했다. 떨어지는 내 눈에, 입을 꼭 다문 이인형이 보였다. 그제야 목소리가 나왔다. 나는 비명을 질렀고, 잠에서 깼다. 이마에 식은땀이 잔뜩 나서 머리카락이 축축하게 달라붙어 있었다.

'개꿈이다, 진짜.'

개꿈이 예지몽이 되는 건 아닐까. 나는 베개를 꽉 끌어안았다.

일요일 오후 한 시가 되어서야 잠에서 깼다. 새벽녘 가위에 눌려 깬 뒤로도 한참을 뒤척거리다 간신히 잠든 터였다. 눈가를 비비며 방을 나왔다. 정신없는 중에도 휴대폰을 챙겼다. 이래서 습관이 무서운 거다. 무서운 건 또 있었다. 배고픔. 어제저녁에 입맛이 하나도 없어서 굶고 잤더니, 일어나자마자 뱃속에서 무엇이든 넣어달라고 아우성을 쳤다. 대충 고양이 세수만 하고 주방으로 가 냄비에 물을 받아 가스레인지에 올렸다. 물이 끓기를 기다리면서 휴대폰을 켰다. 쌓인 메시지를 보는 것보다도, 동영상 사이트에 접속하는 게 먼저였다. 수많은 영상이 사이트 메인에 떠올랐다. '이슈메이커. 충격 영상 예고.' '이슈메이커. 뒷광고 저격?' '뒷광고 의심 브이로거들의 증거' '돈 밝히는 십 대 브이로거의 실체'. 섬네일에 큼지막하게 박힌 자막을 보니 숨이 막혔다.

브이로그를 시작하고 알게 된 것. 이곳에는 하이에나들이 있다. 타인이 올린 동영상을 자르고, 편집하고, 평가하는 것으로 자신의 채널을 채우는 사람들이다. '인티즈' 채널에 삼 분짜리 커플 브이로그가 업로드된다. 그러면 하이에나들은 그 브이로그에서 사람들의 주목을 끌 만한 부분만 싹둑 잘라낸다. 예를 들면 내가 몇 번을 불러도 이인형이 대답하지 않고 가만히 앉아 있는 오 초 분량이 전체에서 뚝 잘려 나온다. 거기에 이런 제목이 붙는다. '인티즈 커플. 인형이 티즈 안 좋아하는 증거.' 전체 영상에서, 바로 그 뒤에 이인형이 귀에서 무선 이어폰을 빼면서 방긋 웃는다는 것을 편집된 영상만 본 사람들은 모른다. 삼 분짜리 영상을 다 볼 정도의 인내심이 그들에겐 없다. 아니면 그저 짧게 조각난 영상 쪽이 진실이라고 믿고 싶은 걸 수도 있다.

알고리즘은 하이에나의 좋은 친구다. 지금만 해도 그렇다. 내가 어제 이슈메이커의 채널에서 영상 하나를 봤다는 것만으로 관련된 하이에나의 영상을 친절하게 눈앞에 들이미는 이 기막힌 알고리즘. 하이에나가 먹잇감으로 타깃을 정했다는 건 이슈메이커의 뒷광고 폭로 영상이 더욱더 널리 퍼져 나가는 것임을 뜻한다. 연예인이나 크리에이터의 루머를 만들어 조회수를 올리는 이슈메이커와, 이슈메이커의 영상을 재편집해 퍼뜨리는 사람들과, 그 영상을 소비하는 사람들. 덩치만 다른 하이에나들이 서로의 꼬리를 물고 빙글빙글 도는 듯했다.

"물 끓는다. 라면 안 넣어?"

흠칫 놀라 휴대폰을 잠옷 주머니에 쑥 집어넣었다. 어느새 내 옆에 다가온 언니가 라면 봉지를 뜯었다. 언니는 내 대답을 기다리지 않고 냄비에 면을 냅다 집어넣었다. 그 순간만은 알고리즘이나 하이에나보다 채 뜯지 않은 라면 스프가 더 중요했다.

"스프부터 넣어야지!"

"뭐부터 넣든 그게 뭐가 중요해."

"중요해. 순서를 지켜야 더 맛있단 말이야."

나는 입을 삐죽거리며 재빨리 라면 스프를 뜯어 냄비에 쏟아부었다. 곧 맛있는 냄새가 코끝을 자극했다. 젓가락을 들고 초조하게 냄비를 들여다보다가, 면이 풀어지자마자 한 젓가락을 건져 올렸다. 손바닥을 그릇 삼아 면발을 호로록 삼키는데, 옆에 서 있던 언니가 작게 웃었다.

"왜?"

"아니. 괜찮구나 싶어서."

언니는 그렇게 말하고는 내 손에서 젓가락을 가져갔다. 후루룩. 언니가 면발을 빨아들이는 소리가 유독 크게 들렸다.

"맛있네. 네가 스프를 빨리 넣어서 그런가 보다. 봐. 순서가 어긋났어도 고치면 되잖아."

언니는 내게 젓가락을 돌려주곤 주방을 나갔다. 나는 라면을 냄비째 식탁에 놓고 단숨에 먹어 치웠다. 계속 코를 훌쩍였던 건 그저 라면이 매워서일 뿐이다. 눈시울과 코끝에 몰려오는 열기를 참으며 라면을 먹고 있자니, 더한 것도 해낼 수 있을 것 같은 기분이 들었다.

사람은 배가 차면 용감해지는 법이다. 탁. 냄비가 밑바닥을 드러냈고, 나는 기세 좋게 젓가락을 내려놓았다. 휴대폰을 집어 들고 한 자, 한 자 신중하게 메시지를 입력했다.

─ 이인형, 나 할 말 있어. 만나자. 공원에서. 오늘 다섯 시에.

첫 단추를 잘못 끼웠다. 그렇다면 풀고 다시 채우면 될 일이다. 순서가 어긋났어도 고치면 된다. 크게 숨을 들이마시고 전송 버튼을 눌렀다.

이인형은 나보다 먼저 벤치에 와 앉아 있었다. 나와 이인형이 처음으로 커플 브이로그를 찍었던 벤치다. 첫 단추를 다시 끼우려면 역시 이곳이지 싶었다. 내가 벤치에 앉은 후에도 나와 이인형 사이엔 침묵만이 떠돌았다. 이인형은 입술을 꽉 깨물고 힐끔힐끔 곁눈질로 나를 볼 뿐이었다.

'어디서부터 말을 해야 하지?'

쉽게 입이 떨어지지 않았지만, 언제까지 앉아만 있을 수는 없는 노릇이었다.

"이인형, 너 우리 채널에 댓글 달린 거 봤어? 그, 뒷광고."

내가 조심스럽게 묻자, 이인형이 입술 깨물던 것을 멈추었다.

"응, 봤어. 댓글 알람을 꺼 놔서 오늘 아침에야 봤어."

"그거 말인데…."

진짜야. 내가 뒷광고 받았어. 그렇게 말하려는데, 이인형이 크게 숨을 내쉬었다. 그 소리에 이인형 쪽으로 고개를 돌렸다. 그때까지 내 쪽을 안 보던 이인형이, 빙긋 웃으며 나를 바라보고 있었다.

"그거 때문이었어? 오늘 촬영 취소하고 계속 연락 안 된 거."

"응? 어, 맞아. 그게, 내가…."

"뭣하러 신경 써, 그런 헛소리를. 난 너 믿어."

혓바닥 위에서 대기하고 있던 말들이 목구멍 아래로 굴러떨어졌다.

"나는 네가 커플 브이로그 찍는 거 그만두자고 할 줄 알고 완전 긴장하고 있었어."

"그건, 그만두긴 해야 하잖아."

"알아. 그렇지만 그만두면… 난이 너랑 만날 일이 없어지잖아. 그래서 나 말이야, 어제 내내 고민했거든. 아니, 예전부터 계속 고민했어. 그러니까 지금부터 내가 하는 말, 진지하게 들어줘."

이인형은 완전히 내 쪽으로 몸을 돌려 앉았다. 이인형의 입술이 미세하게 떨렸다. 이인형의 손이 내 한쪽 손을 살며시 붙잡았다.

"좋아해, 난이야. 우리, 진짜 커플 하지 않을래?"

이인형의 목소리는 누가 들어도 긴장했음을 알 수 있을 정도로 떨렸다. 이인형의 고백이, 그 떨림이 내가 계속해서 물어보고 싶었던 것에 대한 답이었다. 넌 나 어떻게 생각해? 너무나 물어보고 싶었던, 하지만 차마 물어보지 못했던 딱 하나의 질문. 얼음이 아이스크림으로 바뀌는 순간의 마법. 그러나 나는 기뻐할 수 없었다. 나는 잘못 채워진 첫 단추를 풀기 전이었다.

공원으로 오는 동안, 나는 머릿속으로 온갖 상황을 상상했다. 상상의 시작은 늘 같았다. 내가 이인형에게 고백한다. 이슈메이커에게 받은 메일과, 뒷광고와, 나흘 뒤에 올라온다는 영상에 관한 것도. 그리고 나는 가짜 커플로그를 끝내고, 너와 진짜 커플이 되고 싶다는 말까지 모든 것을 다 털어놓는다. 내 이야기를 듣는 이인형의 모습은 어떤 상상 속에서든 대부분 비슷했다. 상상이 확 갈리는 건, 내가 이야기를 다 끝낸 후 이인형의 반응이었다. 화를 내고, 그 자리를 말없이 떠나 버리고, 괜찮다고 말하지만 내 고백을 받아들이지 않고, 자기에게 중요한 건 페이크 다큐를 위한 자료일

뿐이라고 냉정하게 말한다. 상상 속에서 수십 명의 이인형이 수십 가지 반응을 보였다. 그러니까 현실에서 이인형을 만났을 때, 이인형이 어떤 반응을 보여도 괜찮을 자신이 있었다.

설마 현실이 이런 식으로 상상을 뛰어넘어 버릴 줄은 몰랐다.

"난이 널 처음 만났을 때부터 좋아했어. 나는 나를 숨기고 그럴싸하게 포장하는 데 급급했거든. 그런데 넌 정말 솔직하잖아. 우물쭈물한 나와는 다르게 추진력 있고. 내가 망설일 때 내 손을 잡아 줘서 고마웠어. 그래서 욕심이 생겼어. 계속해서 네 손을 잡고, 함께 있고 싶어."

나는 마른 침을 삼켰다. 말해야 했다. 나는 솔직하지 않아. 너한테 거짓말을 했어. 뒷광고, 내가 받은 거 맞아. 그래서 나는 지금 굉장히 무서워. 하지만 그 말들을 밀어내고 입 밖으로 나온 건, 전혀 엉뚱한 것이었다.

"거짓말이지?"

이인형은 웃었다. 내 손을 잡은 이인형의 손에서는 눈물 같은 땀이 축축이 배어 나왔다.

"너한테는 절대 거짓말 안 한다고 했잖아."

나도. 그렇게 답할 수 있었다면 얼마나 좋았을까. 하지만 잘못 끼운 첫 단추를 풀기도 전에, 또 하나의 단추를 채울 엄두는 도저히 나지 않았다.

"좀 생각할 시간을 줘."

내가 간신히 입 밖으로 밀어낸 말은 그것뿐이었다. 이인형은 잡고 있던 내 손을 놓았다. 이인형은 나를 헷갈리게 했던, 하지만 이젠 무엇을 뜻하는지 확실하게 알게 된 그 표정으로 나를 봤는데, 평소와 다른 것이라면 눈가가 붉었다.

그 표정을, 눈가의 떨림을 집으로 돌아오는 내내 잊을 수가 없었다.

월요일은 원래 싫은 날이다. 이슈메이커의 D-Day 선언이 하루 앞으로 다가온 월요일이라면 더욱 싫을 수밖에 없다. 심지어 아침에 이슈메이커의 채널을 새로 고침 하다가 지각할 위기에 처한 월요일이라니. 정신을 차리고 재빨리 뛰어나왔지만 정문을 통과하기엔 아무래도 아슬아슬했다.

이럴 때는 뒷문이다. 학교 뒷문은 늘 잠겨 있지만, 겨울부터 계속되고 있는, 뒷문과 연결된 오르막길 공사 때문에 뒷문 앞에는 딱 밟고 넘어가기 좋은 시멘트 자루가 꽤 높이 쌓여 있다. 나는 오르막길의 계단을 오르려다 멈칫, 걸음을 멈췄다. 계단 중간쯤에 안성한이 서 있었다. 게다가 그 옆에 있는 건 권민영이었다.

'안성한이 왜 여기 있어? 쟤는 학교도 안 가나?'

좀 더 유심히 보니, 안성한은 휴대폰으로 권민영을 찍고 있는 듯

했다. 권민영은 손짓을 섞어 가며 무언가를 열심히 말했다. 잠시 후 안성한이 휴대폰을 집어넣었다. 두 사람은 언제 마주 보고 서 있었냐는 듯 인사 한마디 나누지 않고 쌩하니 뒤돌아섰다. 안성한 이 계단 아래로 내려오는 것을 본 나는 다급히 쌓여 있는 공사 자 재 뒤에 숨었다.

'안성한하고 권민영이 아는 사이였나?'

저 조합은 왠지 찝찝하다. 하지만 깊이 생각할 여유는 없었다. 조회 시작을 알리는 음악 소리가 내가 서 있는 곳까지 울려 퍼졌 기 때문이었다. 나는 계단을 뛰어 올라갔다.

쉬는 시간에 권민영이 내게 말을 걸었다. 내가 권민영에게 한 방 먹인 이후, 권민영은 나를 투명인간 취급하던 중이었다.

"모난이, 남친이랑 잘 지내지?"

권민영은 그 말만 툭 던지고는 낄낄 웃으며 내게서 멀어졌다. 역 시 찝찝하다. 그렇지만 안성한과 권민영이 남긴 찝찝함은, 하루 앞으로 다가온 D-Day의 긴장감에 떠밀려 금세 내 머릿속에서 지 워졌다. 나는 타이머가 깜빡이는 폭탄을 앞에 두고도, 쉽사리 선 을 끊지 못하던 영화 속 수많은 주인공의 심정을 처음으로 이해했 다. 무언가를, 무엇이든 끊어야만 하는 것을 머리로는 안다. 아무 것도 안 하고 있다가 폭탄이 터지게 두는 것보다야 뭐든 하는 게 나은 법이다. 영화에서 그런 장면을 볼 때면 "뭐 저렇게 결단력이 없어"라고 얼마나 주인공을 욕했던가. 하지만 그게 막상 내 일이 되니, 선을 끊는 행위 자체가 너무나 무서웠다. 폭탄과 마주친 건 내 의지가 아니지만, 선을 끊는 건 내 선택이고 선택의 책임은 내 몫이니까.

다시는 영화를 보면서 주인공을 욕하지 않으리라. 이상한 결의를 다지며 집으로 돌아왔다. 현관문을 열고 채 신발을 벗기도 전에 갑자기 댓글 알람이 미친 듯 울렸다. 불길했다. 이제까지의 경험상 갑자기 알람이 폭주하면 좋은 일은 아니다.

'설마 이슈메이커가 벌써 영상을 올린 거야?'

아직 월요일인데. 분명 D-Day는 화요일이었을 텐데. 나는 황급히 동영상 채널에 접속했다. '인티즈' 채널의 댓글에는 이미 동영상 좌표가 올라와 있었다. 심장이 입 밖으로 튀어나올 것처럼 쿵쾅거렸다.

'이젠 이인형도 알았겠지? 내가 거짓말했다는 걸?'

이 링크를 누르면 모든 게 끝날까. 아니면 다시 시작일까. 나는 링크를 눌렀다. 그런데 화면에 떠오른 건 이슈메이커가 아니었다. 안성한이었다.

안녕하세요. 온리몽입니다. 이렇게 오랜만에 영상을 올린 건 제가 몽몽과 헤어진 진짜 이유를 알려 드리기 위해서입니다. 그리고 그건 '인티즈' 채널의 '모티즈'에 대한 폭로이기도 합니다.

나 혼자 죽을 것 같아? 너 두고 보자. 이를 갈며 소리치던 안성한의 목소리가 생생하게 떠올랐다.

7월 15일 수요일

쾅. 폭탄은 터졌어. 전혀 예상도 못 했던 폭탄이었지만. 이슈메이커도 몰랐겠지. 자기가 '충격 영상'을 터뜨리기 전에 안성한이 선수를 칠 줄은. 사람들의 관심이 몽땅 안성한의 채널에 쏠렸기 때문일까? 정작 화요일에 올라온다던 이슈메이커의 폭로 영상은 수요일 자정을 넘긴 지금까지도 업로드가 안 되고 조용한 상태야.

안성한. 얘는 정말 완전체였어. 얘가 우리 학교 뒷문에서 권민영을 만나고 있을 때부터 뭔가 저지를 거라고 예상을 했어야 하는데. 안성한은 나와 주고받았던 메시지를 정말 교묘하게 짜깁기했어. 조각조각 자른 후 이어 붙여진 걸 보니까 나도 내가 안성한하고 이인형을 동시에 사귀었나 싶더라.

안성한의 폭로.

'모티즈가 양다리를 걸쳤다.'

안성한의 말인즉 내가 안성한하고 사귀다가 이인형을 만났고, 그래서 안성한과 헤어졌고, 그 상처를 치료해 준 게 몽몽이었는데, 내가 이인형하고 커플 채널을 운영하는 중에도 몽몽을 질투해서 IH 채널의 커플 합방 때 몽몽에게 자신을 음해했고, 순진한 몽몽은 그걸 믿어서 자신과 헤어지기로 했다는 거야. 안성한은 메시지만 짜깁기한 게 아니었어. 사람들이 안성한의 말을 믿게 된 결정적인 증거. '모티즈 반 친구의 증언'이 하이라이트였지.

안성한 걔는 모자이크 하나를 제대로 못 하지 뭐야. 어떻게 봐도 반 친구는 권민영이었어. 안성한 말로는 학교 주변을 어슬렁거리다가 아무나 붙잡고 인터뷰한 거라고 하더라. 그게 거짓말은 아닐 거야. 하필이면 그렇게 마주친 게 권민영인 게 문제였던 거지.

"모티즈? 알지. 우리 반이야. 나랑도 좀 친해. 걔 남자친구? 본 적 없어. 이전에 남자친구 생겼다는 말은 들은 것 같은데, 그 뒤로 사진을 보여 주거나 딱히 남친 이야기를 많이 하지도 않았으니까 신경 안 썼지. 걔 브이로그 시작한 것도, 내가 우연히 아는 바람에 우리 반 애들도 알게 된 거야. 브이로그 시작하면 친구들한테 막 알리고 그러지 않아? 그렇게 생각하면 좀 이상하긴 해. 그렇게 잘생긴 남자친구가 생겼는데 친구들에게 사진을 한 번도 안 보여 준 것도 이상하고. 아니야. 나도 잘은 몰라. 친구에 대해서 어떻게 나쁜 말을 하겠어? 모티즈 성격? 그냥 평범한데, 좀 못되게 굴 때도 있어. 채널에 구독자 많아지고 반에서도 걔가 브이로그로 인기 많다고 추켜세워 주니까 가끔 좀 막말을 하더라. 얼마 전에는 내가 모티즈한테 충고를 하나 했거든. 친구끼리는 얼마든지 할 수 있는 충고였다고 봐. 원래 친한 친구일수록 쓴소리도 해야 하고 그러는 거잖아. 그런데 모티즈는 그게 듣기 싫었나 봐. 나한테 남자친구나 사귀라고 그러더라고. 참, 예전에 친구 중 한 명이, 모티즈가 학원에서 남자애한테 고백받는 것 같은 그런 장면을 봤다고 했거든. 스쳐 가듯이 본 거라 정확하지는 않지만. 근데 걔는 이인형처럼 막 잘생기진 않았다고 했어. 어떤 얼굴인지 기억도 안 나게 평범했다고. 걔한테 고백받고, 한 달 뒤에 인형하고 커플 브이로그를 찍어서 올린 거지. 맞다, 걔가 대본인가 뭐 그런 걸 쓰는 것도 봤어. 어쩌면 그게 양다리를 걸칠 작전 뭐 그런 거 아니었을까?"

권민영은 주절주절 신이 나서 떠들었어. 사람들은 모티즈의 친구가 말한 내용과, 안성한의 주장이 딱 맞아떨어진다며 난리를 피웠지. 그 영상을 보고 있자니 하나는 확실히 알겠더라. 권민영이 날 엄청 싫어한다는 거.

'인티즈' 채널의 댓글란은 난리가 났어. 대부분 나를 욕하는 내용이야. '인형은 모티즈에게 속은 거네.' '인형만 불쌍함.' '완전 이용해 먹은 거 아냐.' 여기에 옮겨 올 수 있는 건 그나마 이 정도야. 이보다 엄청난 욕들도 많은데, 그건 차마 여기에 쓰지 못하겠어. 불행 중 다행이라면 인형을 욕하는 사람은 거의 없다는 거야. 대세는 인형 동정론. 가끔 '인형도 알고 같이 사기 친 거 아냐?' 이런 댓글도 달리는데, 그럴 때면 사람들이 벌떼처럼 달려들어서 인형의 편을 들어 주고 있어.

이인형은 어떻게 생각할까. 설마 진짜로 내가 양다리를 걸쳤다고 생각하진 않겠지. 처음 만났을 때 안성한에 대해 이야기한 게 다행이지 싶어. 그래도 혹시 믿으면… 아냐, 그럴 리가 없지. 신경 쓰이면 연락해 보면 될 텐데. 한심하게도 난 지금 그럴 수가 없어. 폭탄이 터진 순간부터 지금까지 난 방에서 꼼짝도 안 하고 있어. 휴대폰 전원도 꺼 놨어. 언니랑 마주칠까 봐 화장실도 눈치 봐서 가고, 밥도 언니가 학교 간 틈에 얼른 방에 가지고 들어와서 먹었어. 사람이 이렇게 방구석 폐인이 되는구나 싶어. 작정하고 나가지 않겠다고 마음먹은 건 아니야. 그냥… 나가는 게 너무 무서워. 사람들이 다 나한테 욕하는 것만 같아.

계속 이러고 있을 순 없을 거야. 내일은 학교에 가야 해. 안 그러면 당장 부모님에게 연락하겠다고, 아까 언니가 내 방문을 두드리면서 큰 소리로 말했거든. 언니는 한다면 하는 사람이야. "연락해라. 그래 봤자 미국에 있는데!" 그랬더니 언니가 뭐라고 했는지 알아? "연락해서 네 용돈 끊어 버리라고 할 거야!" 언니를 어떻게 이기겠어. 게다가 아빠와 엄마가 번갈아서 국제전화를 걸어와 난리 법석을 떠는 걸 견디느니, 학교에 가서 애들 시선에 두들겨 맞는 게 낫지 싶어.

지금 내 상태는 말이야, 좀 이상해. 분하지. 화도 나고. 안성한의 거짓말이 너무 뻔뻔해서 어이가 없고 짜증이 나기도 해. 그런데 웃기지. 마음 한편에서는 차라리 잘됐다 싶어. 이걸로 내가 뒷광고를 받았던 걸 이인형에게 들키지 않고 넘어갈 수 있게 되었잖아. 진짜 한심한데, 화가 난 게 좀 가라앉으니까 그 생각이 제일 먼저 들더라. 그런 내가 정말 싫어.

이걸로 나와 이인형의 가짜 커플 브이로그는 자연스럽게 끝나겠지? 차라리 이게 나을지도 몰라. 나와 이인형이, 이 채널을 만든 이유를 설명했어도 사람들은 화를 냈을 거야. 내가 안성한에게 복수하기 위해서든, 이인형이 페이크 다큐를 만들려고 했든, 사람들을 속였다는 점에선 다를 게 없잖아. 내게는 그럴 만한 이유가 있으니까 사람들을 속여도 돼, 라고 생각했던 것 자체가 잘못되었던 거야.

《피리 부는 사나이》에서 말이야, 처음에 '피리 부는 사나이'의 연주를 듣고 따라간 쥐는 피리 부는 사나이를 믿었을 거야. 이렇게 멋진 음악을 연주하는 사람이 나쁜 일을 할 리가 없다고 생각했을 거야. 믿고 따라갔겠지. 그렇지만 피리 부는 사나이는 그 쥐를 이끌고 가 강물에 빠뜨려 버렸지. 그러니까 제일 나쁜 건 쥐가 아니야. 잘못된 영상을 올린 사람이 제일 먼저 잘못한 거 아닐까. 멀쩡한 영상을 자기 멋대로 잘라서 이상한 영상으로 만든 하이에나들이 잘못한 게 아닐까. '피리 부는 사나이'가 애초에 쥐를 속이지 않았으면 그 동화는 비극으로 끝나지 않았을지도 몰라. 쥐와 아이들이 어울려서 다 같이 즐겁게 춤을 추고, 쥐를 잘 설득해서 들판에서 살게 하고, 그렇게 끝났으면 좋았을 텐데. '피리 부는 사나이'도 첫 단추를 잘못 끼운 셈이지. 으, 쓰다 보니까 머릿속에서 피리 부는 사나이와 쥐와 하이에나들이 막 엉망으로 섞이고 있어. 나중에 새로운 동화를 한 편 쓸 수 있을 정도야.

잘못 끼운 첫 단추를 풀면 다시 제대로 채울 수 있다고 생각한 건 욕심이었나 봐. 아니, 애초에 난 잘못 끼운 첫 단추를 풀 용기가 없었던 걸지도 모르겠어.

이럴 거면 이인형의 고백에 딱 한 번이라도 제대로 대답할 걸 그랬어.

나도 너 좋아해, 라고.

8

금요일 점심시간, 급식실에서 혼자 우두커니 앉아 있는데 권민영과 그 무리가 내 뒤를 지나갔다. 그들은 내가 들으라는 듯 떠들었다.

"모난이 밥 혼자 먹네. 불쌍하게."

"불쌍하긴 뭐가. 그 많은 사람을 상대로 사기극을 벌였는데."

"나 같으면 창피해서 학교에 못 나왔을 거야. 진짜 뻔뻔하다."

아침에 억지로 방에서 끌려 나와 학교에 와 앉아 있는 내내 혼이 빠져나간 듯 멍했다. 눈앞에 식판을 두고도 밥이 입으로 들어가는지 코로 들어가는지 모를 정도였다. 아주 약간, 비련의 여주인공 기분에 취해 있었던 건지도 모른다. 하지만 권민영이 내게 뻔뻔하다고 한 순간, 정신이 번쩍 들었다. 뻔뻔하다니. 적어도 권민영에게 그 말을 듣고 싶지는 않았다. 사이가 안 좋다는 이유만으로 다른 사람에 대해 꾸며 낸 말을 떠들어 댄 권민영이야말로 뻔뻔함 그 자체다.

'못됐다, 진짜.'

새삼스러운 사실이 새로운 깨달음처럼 내 머리를 쳤다. 권민영은 못됐다. 안성한은 더 못됐고, 이슈메이커는 하이에나의 대장 같은 존재니 더 말할 필요도 없다.

'그렇게 못된 사람들 때문에 이렇게 끝내야 한다고?'

부아가 치밀었다. 젓가락을 꽉 움켜쥐고 어묵볶음을 푹푹 찌르고 있는데, 권민영의 무리 뒤쪽에서 느릿느릿 걷고 있던 애들 중 두 명이 갑자기 내 앞으로 후다닥 달려와 앉았다.

"난이야, 우리랑 같이 먹을래?"

"앞으로 같이 다니자, 우리 셋이."

애들이 갑자기 왜 이러나 싶어서 눈만 깜빡거렸다.

"그… 영상에 나온 애, 민영이지?"

"모자이크했어도 다 알겠던데. 아무리 너희 둘이 싸웠다지만 그러는 건 좀 아니잖아."

"맞아. 그리고 거기 나와 한 이야기도 다 권민영이 추측한 거잖아. 난이야, 우리는 너 믿어. 너, 그런 거짓말할 애로는 안 보여."

"나 같아도, 남친 생겨도 권민영에게는 말 안 했을 거야."

뜻밖이었다. 내 편을 드는 애들이 있을 줄은 몰랐다. 학교에 왔을 때부터 예상과 다르게 반 아이들이 별 반응을 보이지 않는구나 싶긴 했었다. 의외로 '인티즈 채널' 사건이 크게 번지지 않았구나, 반 애들 중에 안성한의 브이로그를 본 애들이 별로 없구나, 그렇게 생각했다. 그게 아니었던 거였다. 반 애들의 침묵은 나를 향한 나름의 응원이었다.

"권민영 눈 밖에 날까 봐 대놓고 나서지는 못해도 네 편이 더 많아. 힘내."

그 말에 치솟았던 부아가 눈가로 몰렸다. 나는 안성한의 브이로그를 볼 때도, 방에 틀어박혀 있을 때도 한 번도 울지 않았다. 참은 게 아니라 그냥 눈물이 안 나왔다. 그런데 힘내라는 말을 들으니 오히려 울고 싶어졌다. 다시 수업이 시작되고, 학교가 끝날 때까지 울고 싶은 것을 꾹 참았다. 그러는 동안 멍했던 머릿속은 점점 더 맑아졌다. 교문을 나서면서 나는 이대로 끝낼 순 없어, 라고 혼잣말을 중얼거렸다. 그때 휴대폰이 울렸다. '인티즈' 채널에서 라이브를 시작한다는 알람이었다. 채널에서 라이브를 킬 수 있는 건 관리자뿐이고, 당연하게도 '인티즈' 채널의 관리자 아이디를 알고 있는 건 나와 이인형뿐이다. 나는 발걸음을 멈추고 채널에 접속했다.

안녕하세요. 인형입니다. 음… 이게, 라이브가 처음이라서 제대로 되고 있는 건지 모르겠네요. 제가 화면을 정면으로 잘 못 봐요. 그래서 비스듬하게 앉아 이야기를 하는 점은 양해 바랍니다.

제가 이걸 왜 켰냐면, 브이로그를 편집해서 올리면… 어… 제가 바로 말씀드리는 게 아니니까, 편집이나 그런 게 들어갔으니까 인형이 한 말이다, 아니다, 뭐 그런 이야기가 또 나올 수도 있을 것 같았어요. 뭐, 물론 이 라이브도 저장된 거 잘라서 편집할 사람도 있겠지만.

제가 말재주가 별로 없어요. 그래서 단도직입적으로 말하자면, 모티즈가 저 이용한 거 아닙니다. 계속 그런 소문을 퍼뜨리는 분들이 있으신데요, 그… 온리몽. 그분이 올리신 브이로그요. 그분이 한 이야기가 진짜인지 아닌지 확인도 안 하고 퍼뜨리는 분들, 되게 무책임해요. 저희 채널에 올라온 브이로그 짜깁기해서, 모티즈가 저를 이용했다는 영상 만들어서 퍼뜨리는 분들도 마찬가지고요. 스스로의 행동에 책임을 질 자신이 있으신 분들이 아니라면 사과문 올리고 삭제하시는 게 좋을 거예요. 저희 채널에 올라온 브이로그 저작권은 저희한테 있다는 거 잊지 마세요. 한국저작권위원회에서 1인 미디어 창작자를 위한 저작권 안내서를 참 보기 좋게 정리해 줘서요. 침해당했을 때 고소하는 방법도 엄청 잘 나와 있더라고요.

다시 한 번 말하지만, 모티즈가 저를 이용한 게 아닙니다. 제가 모티즈를 이용한 거예요. 저희는 진짜 커플이 아닙니다. 이 채널은 제가 페이크 다큐를 찍기 위한 자료를 모으려고 만든 겁니다. 진짜 사귀는 사이가 아닌 두 사람이 커플 브이로그로 그를 찍으면 사람들이 그걸 믿을 것인가, 그 사실을 밝힌 후에 사람들은 동일한 브이로그를 봤을 때 사실을 알기 전과 동일한 감정을 느낄 것인가, 사람들은 커플 브이로그의 무엇을 보고 그걸 '진짜'라고 생각하는지, 그런 것이 궁금했습니다. 어쨌든 그러니까 결론은… 음… 저와 모티즈는 진짜 사귀는 사이가 아닙니다. 그러니까 온리몽인가, 그분이 한 말은 애초에 성립이 안 됩니다. 양다리가 안 되니까요.

가짜 커플 행세를 하게 된 건 다 제 탓입니다. 모티즈는 저를 도와주려고 그런 겁니다. 이 사실을 꼭 말씀드려야 할 것 같았습니다. 너무 쉽게 생각한 제 잘못입니다. 페이크 다큐라는 게 대상을 '왜' 속이는지에 대한 고민을 했어야 하는데, 그 부분에 대한 생각을 하지 않고 섣불리 일을 벌였습니다. 다시 한 번 사과드립니다. '인티즈' 채널은 이번 주 내로 삭제하겠습니다.

화면 속 인형의 표정은 긴장으로 굳어 있었다. 채팅창에는 온갖 욕설이 올라왔다. '저게 미안하다는 표정임? 건방지네.' '뭐냐. 모티즈보다 얘가 더 재수 없어.' '잘생긴 거 믿고 설치네.' '사기꾼 주제에 누구를 고소한다는 거야, 지금?' 인형을 보고 있는 수많은 사람 중 누구도 인형이 긴장했다는 사실을 알지 못했다. 화면에 옆얼굴이 비치도록 비스듬히 앉은 인형의 모습을 보고 있자니 휴대폰 액정에 툭, 눈물이 떨어졌다. 라이브가 끝나고, 휴대폰 화면이 시꺼멓게 변했다.

'바보 아냐? 이인형? 네 탓이라고 하면, 사람들이 날 덜 욕할 것 같아?'

나는 달렸다. 휴대폰을 손에 꽉 쥐고 집까지 전력 질주했다.

"이대로는 못 끝내!"

중얼거리던 혼잣말이 고함이 되어 터져 나왔다. 나는 거친 숨을 몰아쉬며 집으로 뛰어 들어갔다. 숨을 고를 새도 없이 '인티즈' 채널에 접속했다. 지금까지 한 번도 사용해 본 적 없는 붉은 버튼이 채널 한쪽에 있었다. '라이브 방송하기' 버튼이다. 크게 숨을 내쉬고 버튼을 누르자 화면에 긴장한 내 얼굴이 떠올랐다. 시청자 수 한 명. 혹시 이 한 명이 이인형은 아닐까. 기대하기가 무섭게 시청자 수가 치솟았다. 동시 접속자 이백오십 명. 내가 안녕하세요, 라고 한마디를 하자 금세 삼백 명이 되었다. 아주 빠른 속도로 채팅창에 글이 올라왔다. '무슨 염치로 라이브?' '연달아서 왜 이래? 얘네 약 먹었음?' '가짜 커플, 관종이냐?' '사기꾼들.' 각오를 하고 라이브 방송을 킨 거였지만, 막상 실시간으로 올라오는 악플을 보니 눈앞이 아득해졌다. 나는 손바닥으로 내 양 뺨을 가볍게 쳤다.

'정신 차리자. 해야 할 말이 있잖아.'

지금 이건 내가 이인형과 마주 보기 위해 해야만 하는 일이다.

나는 헛기침을 한 번 하고, 떠오르는 말들을 빠르게 쏟아냈다. 말은 내 생각만큼 매끄럽게 입 밖으로 나오지 않았다. 이슈메이커가 보낸 협박 메일이나 수상했던 뒷광고 제안에 대해서는 말하지 않았다. 잘 설명할 자신도 없었고, 어디까지나 내 예측일 뿐 확실한 사실도 아니었다. 그걸 이야기하면 오히려 변명처럼 들릴 것 같았다. 대신 나는 그저 미안하다고 사과하는 쪽을 택했다. 죄송합니다, 미안해. 나를 믿어 줬던 사람들에게 하는 사과와 이인형을 향한 사과가 뒤섞였다.

"하면 안 되는 일이란 건 알고 있었습니다. 그러니까 모두 제 잘못입니다. 지금 왜 이런 말을 하느냐고 생각하실 겁니다. 그건 제가 인형에게 한 유일한 거짓말이 이것뿐이기 때문입니다. 인형이가 라이브를 한 걸 봤어요. 인형이가 혼자 계속해서 화면을 보면서 말을 한 게 얼마나 큰 용기를 낸 것인지 여러분은 모르시겠죠. 하지만 난 알아요. 그러니까 저는 거기에 이렇게라도 대답을 하고 싶었습니다. 제 잘못을 드러내는 게 무서워서, 실망시키고 싶지 않았다는 핑계로 계속 거짓말을 하고 싶진 않았습니다."

나는 잠깐 말을 멈추고 숨을 골랐다. 채팅창은 읽기 힘들 정도로 빠르게 올라가고 있었다. 아무 상관없다. 지금부터 할 말은 오직 한 사람에게만 제대로 가닿으면 된다.

"그리고 나는 더 이상 대답을 미루고 싶지 않아. 혹시 아직도 내 대답을 듣고 싶다면 그 공원으로 나와. 오늘 저녁 아홉 시까지 거기서 기다릴게. 내가 우리 커플로그 찍는 동안에 블로그에 비공개로 썼던 글이 있어. 라이브 끝난 뒤에 영상 저장되잖아. 영상 아래에 링크로 남길게. 거기 쓰인 건 내 진심이야. 그걸 읽고 난 뒤에도 괜찮으면, 꼭 나와 줘."

라이브 방송 종료.

종료 버튼을 누르자마자 침대에 엎어지듯 쓰러졌다. 긴장이 풀리자 온몸에 힘이 쭉 빠졌다.

'블로그 링크까지 남긴 건 좀 오버인가. 아냐, 그거라도 읽으면 이인형이 나올 가능성이 좀 더 높아질 수 있잖아.'

계속 드러누워 있을 순 없었다. 나는 벌떡 몸을 일으켜 집을 나섰다.

'이인형이 라이브를 봤을까? 못 봤을 수도 있어.'

혹은 내 라이브를 봤어도 오지 않을 수도 있다. 그래도 나는 공원으로 향했다. 이인형에게 기다리겠다고 했으니까 말한 대로 저녁 아홉 시까지 기다릴 작정이었다. 아홉 시까지 이인형이 오지 않아도 실망하지 말자. 그렇게 다짐하면서도 발걸음은 조금씩 느려졌다.

'…올까? 오기를 바라는 게 뻔뻔한 걸까?'

공원 입구에 멈춰 섰다. 입구에 자리 잡은 편의점 앞을 지나다가 멈춰 섰다. 유리문에 비친 내 모습은 그야말로 엉망이었다. 앞 머리카락은 땀에 젖어서 이마에 철썩 달라붙어 있었고, 침대에 누워 있던 탓인지 뒷머리는 납작하게 눌려 있었다. 혹시 겨드랑이도 땀에 젖은 건 아니겠지 싶어서 슬쩍 팔을 들어 살펴보았다. 다행히 무사했다. 그래도 아침부터 내내 입고 있던 교복 셔츠는 꾸깃꾸깃했다. 집에 가서 교복이라도 갈아입고 다시 나올까, 고민이 되었다.

'아냐. 집에 가면 다시 이곳에 못 돌아올 것 같아.'

분명 그럴 것 같았다. 머리를 빗고 교복을 갈아입은 뒤에도 물 한 잔만 마시고 나가자, 화장실 한 번만 갔다가 나가자, 휴대폰 충전을 하고 나가자 등등 온갖 핑계를 대면서 집 밖으로 나서지 않을 것 같았다. 사실은 지금도 도망치고 싶다. 공원 안으로 들어가고 싶지 않다. 이인형이 벤치로 안 오는 걸 확인하는 게 무섭다.

'가자. 이대로 GO. 가야만 해.'

나는 마음을 다잡고 공원 안으로 들어섰다. 한여름의 공기는 저녁이 가까워진 시간에도 여전히 후덥지근했다. 매미 울음소리가 멀리서 끊길 듯 말 듯 희미하게 들려왔다. 공원 한가운데 놓인 분수 근처에 더위를 피하러 나온 사람들이 간간이 앉아 있었다. 분수를 지나 벤치가 있는 안쪽으로 걸어 들어갔다. 천장이 덩굴로 뒤덮인 아치형 터널을 지나자 매미 소리가 점점 선명해졌다. 나는 그 소리에 이끌리듯 걸음을 옮겼다. 벤치에 가까워지자 매미 울음소리가 사방을 뒤덮었다.

이인형이 벤치에 앉아 있었다.

"이인형."

내가 이인형의 이름을 부른 순간, 매미 소리가 잦아들었다. 그래도 시끄럽긴 마찬가지였는데도 이인형은 바로 고개를 들어 내 쪽을 봤다. 굳게 닫혀 있던 이인형의 입가가 느슨하게 벌어졌다. 나는 언제나 같은 표정으로 나를 바라보는 이인형을 향해 손을 내밀었다.

그것보다 더 확실한 대답은 없을 터였다.

8월 15일 토요일

여기에 글을 적는 거 굉장히 오랜만이야. 한 달쯤 된 것 같아. 여기 링크를 동영상 댓글에 남긴 뒤에 한동안 방문자 수가 엄청나게 많아졌더라. 몰랐어. 계속 안 들어오고 있었거든. 이인형에게 보여 주려고 공개로 돌려놓은 상태였다는 것도 까맣게 잊고 있었지 뭐야. 링크에 남긴 이유가, 이인형 보라고 한 거였으니까. 설마 다른 사람들도 그렇게 많이 그 링크를 클릭했을 거라곤 생각도 못 했지. 지금도 내가 예전에 쓴 글을 읽는 사람이 있으려나? 아마 없을 것 같아. 사람들은 지금쯤 새로운 이슈를 찾아 헤매고 있을 거야. 내게는 폭탄이었지만, 누군가에게는 폭죽이었을 테니까, 그 사건은. 펑펑 터지는 걸 보며 재미를 느끼는 사람들이 있잖아.

내가 끌어안고 있던 폭탄은 의외로 안전하게 제거되었어. 그렇다고 생각해. 이인형이 '인티즈' 채널에 대해 밝히고, 내가 뒷광고를 받았던 사실을 고백하는 라이브를 한 그날 말이야. 나는 진지하게 한 달쯤은 인터넷을 아예 끊고 지내는 게 좋을 것 같다고 인형에게 말했어. 그때까지와는 비교도 안 될 정도로 욕먹을 거라고 생각했거든. 안성한의 폭로가 거짓이든 아니든 그건 상관이 없을 거라고. 사람들은 우리가 자기들을 속였다는 사실 자체에 화를 낼 거라고 생각했어.

그래서 난 진짜로 요 한 달간 아예 인터넷 서핑을 거의 안 했어. 인터넷 자체를 안 하는 건 불가능했지. 숙제도 해야 하니까. 진짜 이상한 게 악플에 그렇게 진절머리를 쳤었는데 검색창에 자꾸만 '인티즈 커플'을 쳐 보고 싶더라. 그런 게 관종 심리인가 봐. 그래도 참은 건 그 호기심보다는 악플에 대한 두려움이 더 컸기 때문이야. 나는 아직도 채팅창에 올라오던 그 글들이 어딘가에서 살아 꿈틀거리는 것 같아. 사람들의 악의가 담긴 그 글들은 진짜로 사라지긴 한 걸까?

그래서 난 일이 어떻게 돌아가는지 몰랐어. 나를 비난하던 여론이 그렇게 금방 뒤집어질 거라곤 생각도 못 했지.

이인형과 내가 연달아 라이브 방송을 했잖아. 그 방송을 두고 댓글란은 물론이고 각종 커뮤니티에서 별별 말들이 다 나왔다더라. 연달아 라이브를 한 것도 페이크 다큐에 들어갈 자료를 모은 것이다, 라는 추측은 그렇다고 쳐. 나와 이인형이 동영상 사이트의 트래픽을 늘려서 한국을 망하게 하라는 특명을 받고 온 북한의 첩자라는 음모론까지 돌았다더라고.

온갖 루머가 확 잦아든 건 브이로그 두 개 때문이었어.

하나는 몽몽이 올려 준 브이로그야. 설마 몽몽이 내 편을 들어줄지는 몰랐어. 오히려 몽몽이 안성한의 말을 믿을 수도 있겠다고 생각했거든. 하지만 몽몽은 안성한의 말은 거짓말이고, 자기가 헤어지기로 한 건 어디까지나 자신의 의지라고 못 박았어. 모티즈와는 관계없다고. 모티즈와는 한 번 만났을 뿐이지만 좋은 애였다고. 자기는 모티즈가 블로그에 쓴 글을 읽고 모든 걸 이해했다고, 그 글을 꼭 읽어 보라고 신신당부를 했다는 거야.

몽몽이 그 영상을 올린 후, 원래 온리몽을 싫어하던 몽몽의 구독자들이 나를 지원 사격하기 시작했어. '모티즈가 진짜 이상한 애였으면 몽몽이 편을 들진 않겠지.' '모티즈 블로그 읽어 봐. 뒷광고도 음모에 걸린 것임.' '제일 나쁜 놈은 이슈메이커 아냐?' 삐리리 삐리리. 피리 부는 사나이의 피리 소리가 갑자기 달라져 혼란에 빠진 쥐처럼, 갑자기 분위기가 바뀐 댓글의 등장에 사람들은 혼란스러워했지. 모티즈를 욕하는 댓글을 다는 게 '좋아요'를 많이 받을 것인가, 아니면 이쯤에서 방향을 바꾸는 게 좋을 것인가. 망설이던 사람들이 방향을 확튼 것은 두 번째 브이로그 때문이었어.

이슈메이커가 올린 영상! 처음에 언니가 내게 그 사실을 알려줬을 땐 잘못 들은 줄 알았어. 이슈메이커가 왜? 내게 협박 메일을 보냈던 이슈메이커가 내 편을 들었다고?

사실이었어. 이슈메이커는 안성한이 폭로한 '모티즈 양다리 썰'이 진짜가 아니라는 것을, 안성한의 브이로그를 하나하나 뜯어 가며 설명한 영상을 올렸어. 심지어 이슈메이커는 권민영을 찾아내서 "진짜 모티즈 친구인가요? 그 인터뷰 때문에 모티즈가 양다리로 몰렸는데, 책임질 수 있나요?"라며 집요하게 물었어. 역시나 엉성한 모자이크를 뒤집어쓴 권민영은 손을 내저으며 자기가 아니라고 발뺌을 하다가, 이슈메이커가 명예훼손으로 고소당할 수도 있다고 하자 겁을 먹었는지 미안하다고 사과를 했어. 하지만 정작 학교에선 내게 미안하다고 하지는 않더라고. 이제는 시비를 걸지는 않지만 말이야.

"난이 네가 블로그를 공개했잖아. 처음에 네가 라이브에 댓글로 링크 남겼을 때, 그때는 읽은 사람이 많지 않았나 봐. 그게 몽몽이 언급한 후로 읽은 사람이 확 늘어난 모양이야. 거기에 네가 다 써 놨잖아. 이슈메이커에게 받았던 메일하고 뒷광고 받게 된 이유까지. 사람들이 이슈메이커라는 공동의 타깃을 찾은 거지. 자신들의 정의감까지 채울 수 있는 타깃. 사람들은 이슈메이커 채널에 몰려가서 아직 미성년자인 아이들한테 뭘 한 거냐, 인형의 과거를 가지고 협박했다는데 스토킹 아니냐, 하고 따지기 시작했어."

수많은 사람의 질타가 이어지자 이슈메이커는 자신은 그런 메일을 보낸 적 없다고 발뺌을 했고, 업로드되었던 뒷광고 고발 영상을 내렸어. 다시 업로드된 영상에는 삽입되어 있던 '모티즈' 채널의 사진이 전부 삭제되어 있었지.

그런데 이게 끝이 아니야. 여기서부터는 내가 언니한테 좀 감동한 부분이야. 그리고 내가 한 번은 이 블로그에 다시 글을 써야겠다고 생각한 계기이기도 해.

"고작 그거로는 안 되지. 나도 힘 좀 썼어. 커뮤니티 회원들한테 도움 좀 받았지. 거기 회원들, 직업도 다양하거든. 변호사를 소개받아서 내가 정식으로 고소장 날렸어. 취하를 원하면 안성한, 그 망할 놈의 영상이 가짜라는 걸 밝히라고."

"언니가? 왜?"

내가 묻자 언니는 어릴 적에 그랬던 것처럼 내 머리에 꿀밤 먹이는 시늉을 했어.

"난이 넌 아직 애잖아. 아니, 설령 어른이어도 말이야, 혼자

감당하기 힘든 일이 생기면 주변에 도와달라고 해. 그게 말처럼 쉬운 일이 아니라는 건 나도 알아. 도와달라고 한다고 사람들이 늘 도와주는 건 아니니까. 어릴 적부터 우리는 거절당한 기억을 쌓아 가게 되지. 언제부터인가 나도 도와달라는 말을 잘 안 하게 되더라. 그래도 난이야, 도와달라는 말을 할 수 있어야 해. 그 용기가 필요할 때가 있어."

"언니, 꼭 교육방송에 나오는 사람처럼 말하네."

"가끔은 뻔한 말이 정답일 때가 있는 거야."

언니의 말을 듣고 곰곰이 생각했어. 폭탄을 해체하는 것 말이야, 선을 못 자르고 끙끙대던 영화 속 주인공도 결국은 그걸 자르잖아. 잘 떠올려 봐. 그때마다 주인공 곁에서 누군가 외친단 말이지. 할 수 있다고. 빨간 선을 자르면 된다고 가르쳐 주기도 하고.

주인공이 무사히 폭탄을 제거하고 살아서 엔딩까지 한 발 내딛을 수 있는 건 그 목소리 덕분이 아닐까. 화면에는 얼굴도 잡히지 않고, 주인공과 한 번 만난 적 없는 경우도 있지만 진심으로 타인의 위기를 걱정해 주는 사람들 말이야.

이 블로그에서 내 글을 읽은 사람들 중에도 그런 사람이 있을 거란 생각이 들었어. 그리고 그런 사람은, 아주 나중에라도 이곳을 한 번은 다시 찾아오지 않을까 싶었지. 그 사람에게 잘 지낸다고 말하고 싶었어.

내가 어떻게 지내는지 근황을 말해 보자면 이래. 일단 지금은 여름방학 중이야. 가끔은 늦잠도 자고, 별반 다를 것 없는 일상을 보내고 있어. 중학교 때 친구들을 만나서 수다도 잔뜩 떨었어. 애들이 전부 다 나를 걱정했다고, 제발 연락 좀 잘 받으라고 잔소리 엄청 들었어. 툭하면 휴대폰 꺼 놓는 버릇 좀 고치라고. 나도 이건 좀 반성 중이야. 그리고 권민영이 브이로그를 시작했다는 소문도 들었어. 구독자가 많지는 않은 모양이야. 이상하게 권민영이 막 예전만큼 신경 쓰이거나 하지는 않아. 권민영 무리에 있는 동안 맞지 않는 옷을 억지로 입고 다니는 것 같아서 불편했는데, 이젠 마음이 맞는 친구들과 다니니까 편하고 좋아.

고등학생이 되고 나서 첫 여름방학은 아주 특별할 것 같았는데, 엄청난 사건이 일어나지는 않더라. 그런데 난 이게 좋아.

응원해 줘서, 도와줘서 고맙다는 말도 전하고 싶어. 그리고 마지막으로 동영상 하나를 첨부할게. 브이로그로 시작한 인연이니까 브이로그로 끝내는 게 맞을 것 같아. 그러니까 이건 여기에 올리는 처음이자 마지막 브이로그야.

[이건 진짜 커플 V-log] 안녕, 안녕!

(화면이 잠깐 흔들리고, 나와 이인형이 함께 화면에 잡힌다. 나와 이인

형은 함께 화면을 향해 손을 흔든다. 하나, 둘, 셋. 작은 목소리로 숫자를

센 뒤 입을 맞춰 외친다.)

"우리 진짜 커플 됐어요!"

작가의 말

SNS는 이젠 그 장단점을 논의하는 게 무색할 정도로 일상적인 것이 되었습니다. 조사에 따르면 십 대의 41.5퍼센트는 하루 세 시간 이상을 SNS를 이용한다고 합니다. 가장 많이 이용하는 SNS는 유튜브. 그 때문인지 2018년부터 십 대의 장래희망 조사에는 '크리에이터'가 늘 상위권에 자리 잡고 있습니다.

SNS를 합니다. 유튜브에서 동영상을 보고, 아무 생각 없이 틱톡을 쓸어 넘깁니다. 이것 하나만 보고 자야지, 하다가 밤을 새우기도 합니다. 브이로그도 심심치 않게 봅니다. 브이로그는 참 신기한 게, 분명 별것 아닌 일상인데 그 영상 속의 사람들은 참 반짝반짝 행복해 보입니다. 브이로그를 시작하면 나도 그렇게 빛날 수 있을 것 같은 기분도 듭니다. 수많은 십 대 브이로거들도 그런 이유로 영상을 찍기 시작한 것 아닐까요. 빛나고 싶어서. 행복해지고 싶어서.

하지만 실상, 브이로그의 세계는 그렇게 반짝이기만 하는 곳은 아닙니다.

딱히 수익 창출을 위해서가 아니더라도, 사람은 노력을 들인 만큼 그 결과물에 대한 반응을 궁금해하는 법입니다. 업로드한 영상의 조회수와 댓글에 신경이 쓰일 수밖에 없지요. 그건 당연한 일입니다. 그러나 반응에 대한 염원이 집착이 되는 순간, 크리에이터와 결과물의 입장이 뒤바뀌어 버립니다. 영상을 만들어 올리는 사람, 즉 크리에이터가 주체가 되어야 하는데 결과물에 대한 반응이 개인의 일상을 좌지우지하게 됩니다. SNS에 영상이나 사진을 업로드한 후 조회수나 '좋아요'의 수가 궁금해 한 시간에도 몇 번씩 확인을 한 적이 있다면 SNS에 종속된 존재가 되어 버린 것은 아닌지 한 번쯤 되돌아보는 것이 좋지 않을까요.

유명세를 얻은 후에도 문제는 계속됩니다. 인터넷 세상의 소리 없는 칼, 악플이 있기 때문입니다. 악플은 더 이상 연예인들의 전유물이 아닙니다. 사람들은 아주 쉽게 악플을 달고, 그것이 악플인지 제대로 인지조차 하지 못합니다. 악플의 무서운 점은 가해자가 언제든 피해자가 될 수도 있고, 다시 가해자가 될 수도 있다는 점입니다. 그것은 철저히 타인에 의해 이루어지는 폭력입니다. 때문에 크리에이터는 그 폭력을 방어하는 방법을 알아야 합니다.

그러나 예전보다는 조금 나아졌지만, 사이버상의 폭력 행위에 대한 방지법은 여전히 현실을 따라가지 못하고 있습니다. 물론 법은 언제나 범죄 뒤에 강화되는 것이 현실이나, 사이버상의 폭력에 대해서는 그 속도 차이가 너무 심하게 난다는 인상을 지울 수가 없습니다. 그 속도 차이는 사이버 폭력의 피해자가 사회의 기득권층인 경우가 적기 때문은 아닐까. 그렇기 때문에 그 범죄를 분석하려는, 그 심각성을 인지하려는 노력이 덜 이루어지는 것은 아닐까 하는 생각이 들 때가 있습니다.

그래서일까요. 타인의 브이로그를 볼 때면 한 줄이라도 예쁜 말을 댓글에 남기게 됩니다. 반짝반짝한 세계를 잘 보고 갑니다, 라는 인사를 건네는 셈입니다.

브이로그를 보는 이유 중 주요 원인은 '자신과 관심사가 같기 때문에', '비슷한 취향을 가진 사람들과 소통하고 싶은 마음'이 가장 크다고 합니다. 브이로그를 소비하는 쪽은, 같은 영상을 보는 사람과 일순간 그 세계를 공유했다고 느끼는 거지요. 작은 화면 하나로 이루어지는 공감이자 대화입니다. 지하철을 탔을 때 나와, 내 옆에 앉은 사람이 같은 동영상을 보고 있을 확률은 얼마나 될까요. 그 엄청난 확률을 생각하면, 댓글에 좀 더 친절한 한마디를 적을 수 있지 않을까 싶습니다.

즐거운 작업을 할 수 있게 해 주신 폭스코너 출판사와 윤혜준

대표님께 고마움을 전합니다. 무엇보다 읽어 주신 독자분들, 감사합니다. 어디선가 다시 만나기를 바랍니다.

매일이 포근한 봄이기를 바라며

범유진

가짜 커플 브이로그

ⓒ범유진, 2022

1판 1쇄 2022년 2월 28일
1판 2쇄 2023년 7월 17일

지은이 범유진
펴낸이 윤혜준 | 편집장 구본근 | 디자인 권성희 | 표지 그림 마노

펴낸곳 도서출판 폭스코너 | 출판등록 제2018-000115호(2015년 3월 11일)
주소 서울시 마포구 대흥로6길 23 3층(우 04162)
전화 02-3291-3397 | 팩스 02-3291-3338
이메일 foxcorner15@naver.com
페이스북 | foxcorner15
인스타그램 | foxcorner15

종이 일문지업(주) | 인쇄·제본 수이북스

ISBN 979-11-87514-80-0 43810